安魂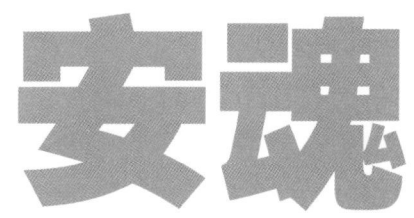

595位晋绥抗战烈士散葬遗骨收迁安葬纪事

车瑞金 著

图书在版编目（CIP）数据

安魂：595位晋绥抗战烈士散葬遗骨收迁安葬纪事／车瑞金著．－－太原：山西人民出版社，2018.1
ISBN 978-7-203-10256-4

Ⅰ.①安… Ⅱ.①车… Ⅲ.①纪实文学－中国－当代 Ⅳ.①I25

中国版本图书馆CIP数据核字（2018）第016907号

安魂：595位晋绥抗战烈士散葬遗骨收迁安葬纪事

著　　者：车瑞金
责任编辑：何赵云
复　　审：刘小玲
终　　审：员荣亮
装帧设计：谢　成

出　版　者：山西出版传媒集团·山西人民出版社
地　　　址：太原市建设南路21号
邮　　　编：030012
发行营销：0351-4922220　4955996　4956039　4922127（传真）
天猫官网：http://sxrmcbs.tmall.com　电话：0351-4922159
E－mail：sxskcb@163.com　发行部
　　　　　sxskcb@126.com　总编室
网　　　址：www.sxskcb.com
经　销　者：山西出版传媒集团·山西人民出版社
承　印　厂：山西臣功印刷包装有限公司
开　　　本：787mm×1092mm　1/16
印　　　张：17.25
字　　　数：160千字
印　　　数：1－4000册
版　　　次：2018年1月　第1版
印　　　次：2018年1月　第1次印刷
书　　　号：ISBN 978-7-203-10256-4
定　　　价：48.00元

如有印装质量问题请与本社联系调换

建 园

2011年，中共兴县县委、县人民政府在东会乡寨上村凤凰岭征地300亩、投资4000余万元，新建晋绥革命烈士陵园。陵园坐北向南，怀绕碧水粼粼、景色秀美的湫水河，前临波光潋滟、鱼跃鹅凫的阳坡水库，背依巍峨挺拔、风光迤逦的黑茶山，毗邻"全国百家红色旅游经典景区——'四·八'烈士纪念馆"。

远眺晋绥革命烈士陵园

汉白玉石牌坊

烈士纪念塔

金色军号

英烈名录墙

群雕像

烈士合葬墓

无名烈士墓

有名烈士墓

晋绥儿女栽种为陵园捐赠的松柏树

贺龙、关向应亲属为陵园捐赠的松柏树石刻标记

收 迁

2011年至2017年,吕梁军民在兴县的17个乡镇30余处沟壑梁峁,寻找收迁595位晋绥八路军抗战烈士散葬遗骨,集中安葬到新建的晋绥革命烈士陵园。

隆重举行烈士遗骨收迁安葬仪式

收迁孙家庄散葬烈士遗骨

战士护卫着烈士棺柩

烈士遗骨收迁现场

收迁人员正在烈士遗骨掩埋地挖掘

又找到了三处烈士遗骨掩埋地

在陡峭的山坡寻找烈士遗骨

挖掘寻找烈士遗骨

收迁人员在整理烈士遗骨

寻找到的烈士遗骨

收迁人员饿了吃点干粮，渴了喝口河水，困了就躺在烈士墓旁歇息

挖掘出的梁居明烈士墓碑

用旧船板为烈士制做的棺柩

安 葬

从2012年清明节开始,吕梁军民已连续6次举行烈士遗骨安葬暨清明扫墓活动。晋绥老八路、晋绥儿女、第一二〇师后代、烈士亲属以及兴县各机关、吕梁驻军官兵代表向革命先烈致敬。

向烈士墓敬献花篮

护卫烈士棺柩

护送烈士棺柩进入烈士陵园

送烈士最后一程

向烈士棺柩放置第一二〇师徽章

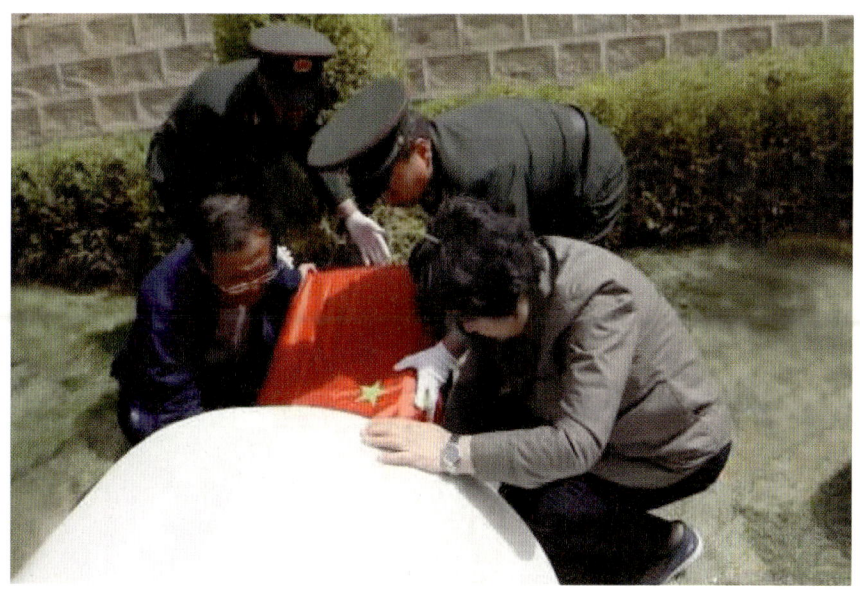

把国旗覆盖在烈士棺柩上

轻轻地将烈士棺柩放入墓冢

让烈士入土为安

安息吧!先辈们

党政军代表向烈士致敬

群众代表向烈士致敬

学生代表向烈士致敬

解放军代表向烈士致敬

寻 亲

595位烈士,已有85位确认了姓名、籍贯。2012年3月,《解放军报》《河北青年报》、兴县人武部、兴县民政局组成联合寻亲组,先后寻访了河北省的保定、涿州、高阳、荣成、涞水,陕西省的绥德,云南省的罗次和山西省的兴县、临县等市县,行程数千公里,联系数百人,最终为43位烈士找到了他们的亲人。

寻亲人员向村民了解烈士亲属情况

侯双虎烈士的弟弟侯虎林(左)

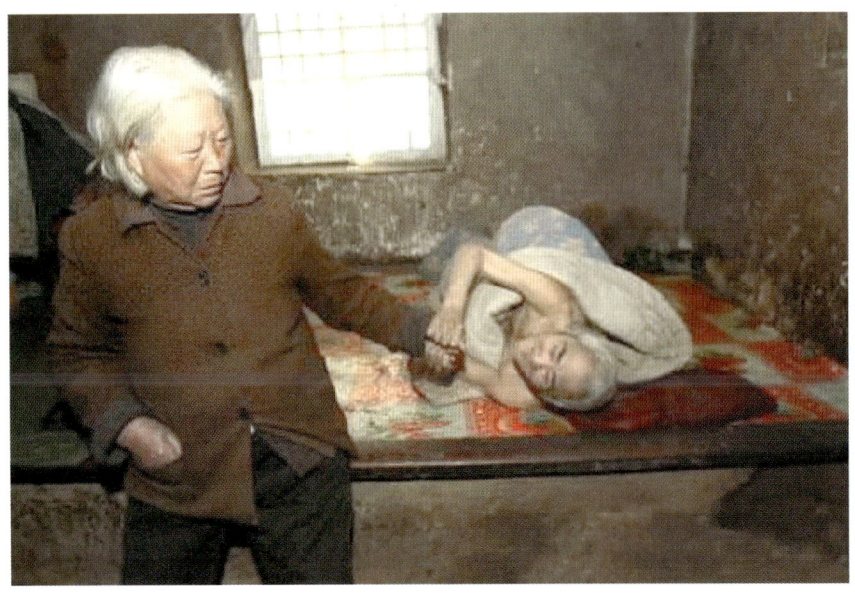

陈仲起烈士的弟弟陈仲杰和弟媳常永荣

张有才烈士的童伴张文远(右)讲起张有才的事几度泪湿眼眶

陈仓烈士的侄儿陈玉峰得知伯伯是烈士而不是"土匪"时,激动地竖起大拇指大喊:"大伯,好样的!"

解申烈士的四弟解银增(左)、六弟解增文(中)哽咽地讲着哥哥的往事

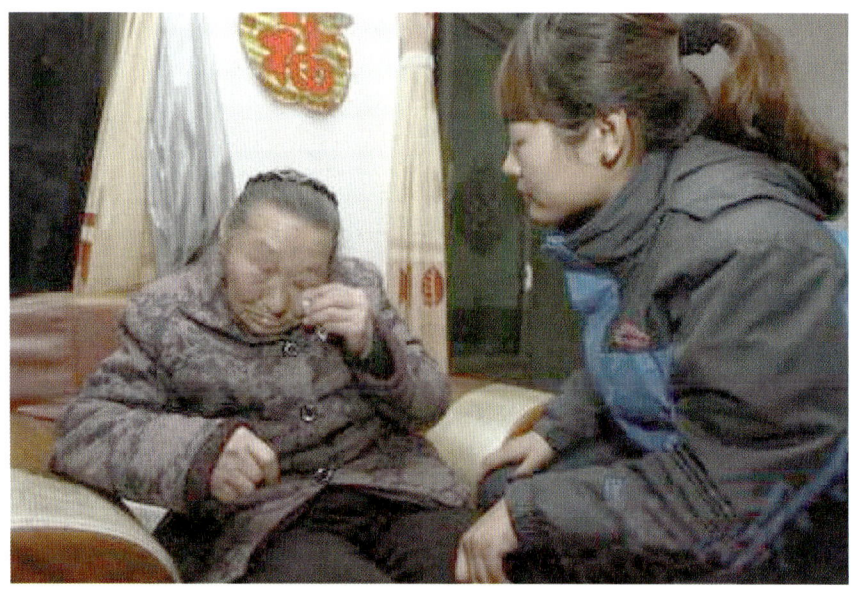

刘长有烈士的妹妹刘洛姑(左)提起哥哥泪流满面

崔田烈士的侄女崔素花说："叔叔的抚恤金给我交了学费"

乔振东烈士的侄儿乔保仙（左）寻访叔叔的童伴

李迎花烈士的弟弟李春和曾骑着自行车,从河北保定来的山西兴县寻找哥哥的遗骨

杨瑞田烈士有三个哥哥,各有一个儿子,唯独他没有后嗣。图为杨瑞田烈士的三个侄儿接受寻访

祭　奠

在中国的传统节日里,清明节是祭祖和扫墓的日子。每逢清明节和重大节日,吕梁军民都要来到晋绥革命烈士陵园,组织驻地官兵和群众祭奠烈士,为烈士扫墓,进行红色历史和革命传统教育。

驻地官兵和学生祭奠烈士

中共兴县县委书记梁志锋参加祭奠仪式

中共兴县县委副书记、县长刘世庆主持祭奠仪式

吕梁党政军机关祭奠烈士

吕梁军分区官兵和老八路祭奠烈士

晋绥儿女、第一二〇师后代祭奠烈士

烈士亲属祭奠烈士

一束白花，寄托着亲人的无限思情

一张合影，留下了晋绥儿女的全部情感

遗　物

在收迁烈士遗骨时，发现了很多烈士遗物。这些遗物大部分是战斗用品，它清晰地告诉我们：八路军战士的装备是何等简陋，条件是何等艰苦。

烈士留下的子弹和衣扣

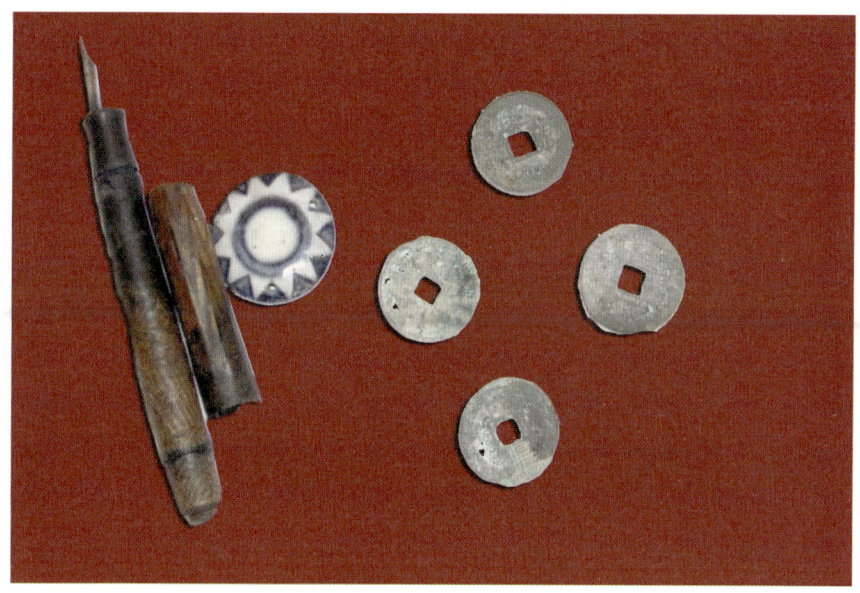

烈士留下的钢笔和用来当作衣扣的铜钱

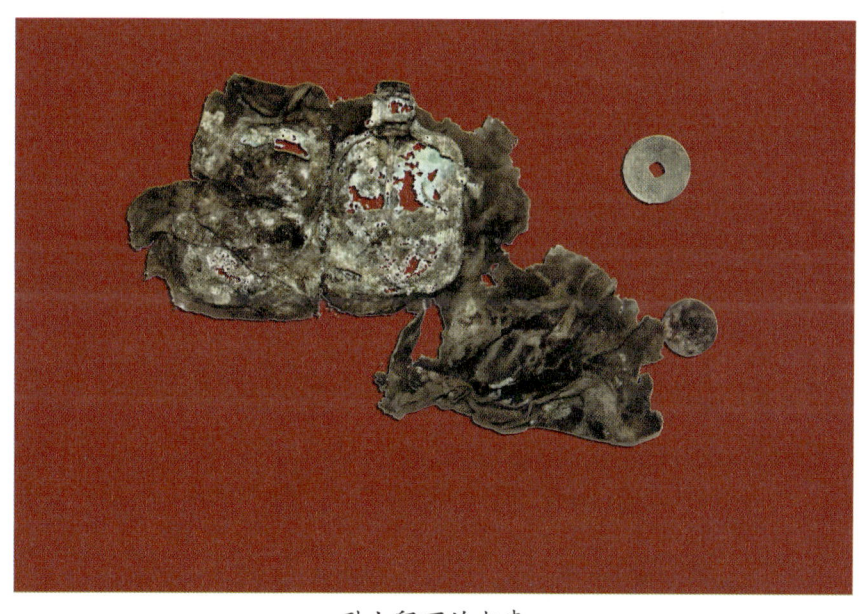

烈士留下的水壶

烈士留下的皮带扣

烈士留下的腰带和衣扣

烈士留下的子弹

烈士留下的铜铃和衣扣

缅 怀

吕梁军分区把"缅怀英烈伟绩,有效履行使命"作为强化部队践行"听党指挥,能打胜仗、作风优良"强军目标的重要内容,多次组织官兵前来拜谒先烈,缅怀烈士丰功伟绩。

兴县县委、县政府把收迁安葬烈士的过程作为干部爱国教育的过程,激发大家扎根老区、服务老区、发展老区的坚定意志。

在烈士塔前向党旗宣誓

瞻仰英烈名录墙

聆听烈士英雄事

缅怀先烈丰功伟绩

仰碑追忆英烈壮举

寻根祭拜革命前辈

接受光荣传统教育

题　词

在晋绥革命烈士陵园的英烈名录墙上，镶嵌着晋绥领导人的题词，每一幅题词都表达了老一辈革命家对晋绥革命根据地的深情厚意和对烈士的崇高敬意。

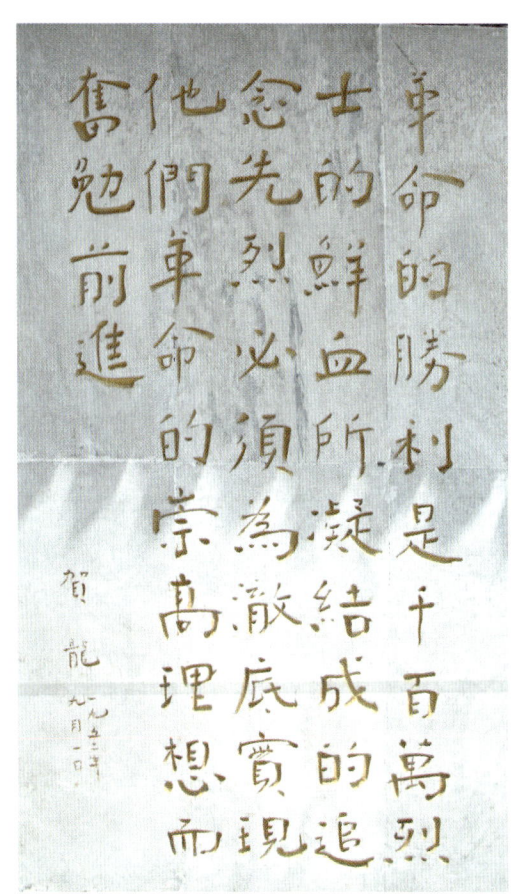

贺龙题词

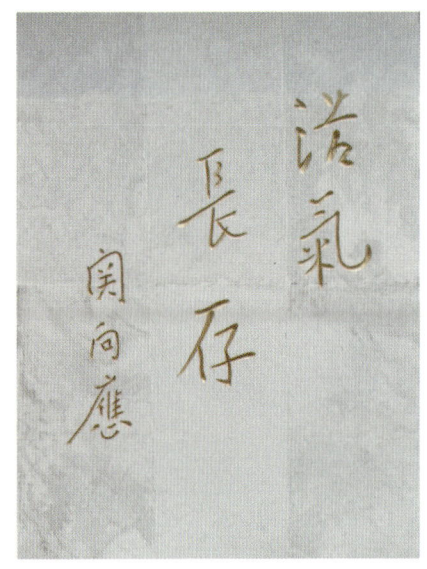

关向应题词

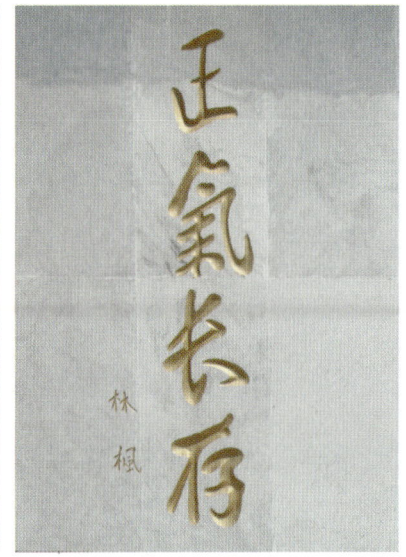

林枫题词

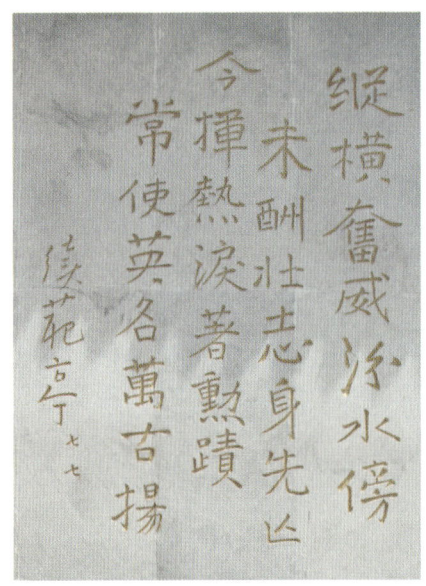

续范亭题词

周士第题词

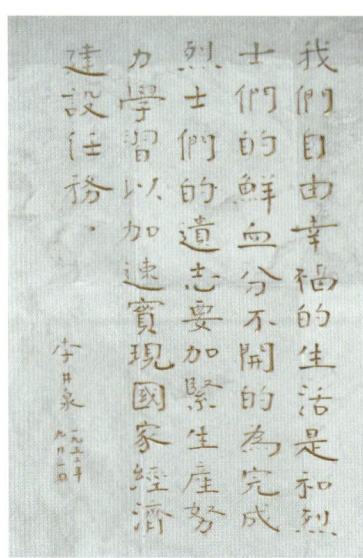

李井泉题词

吕正操题词

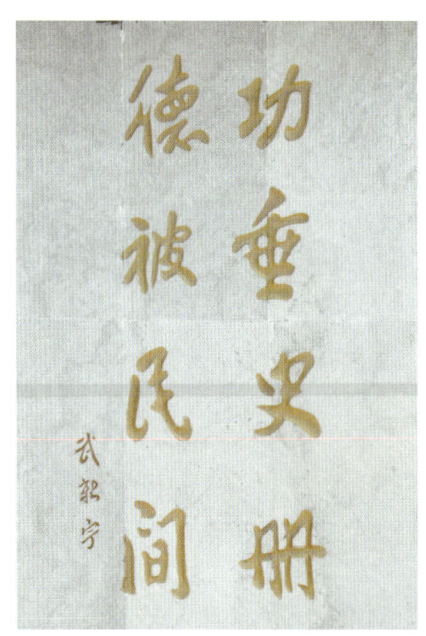

武新宇题词

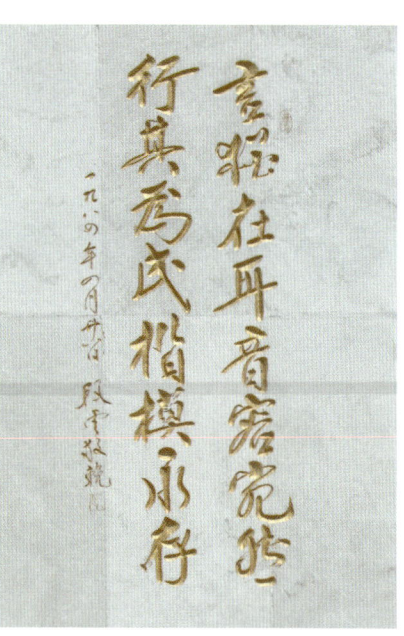

段云题词

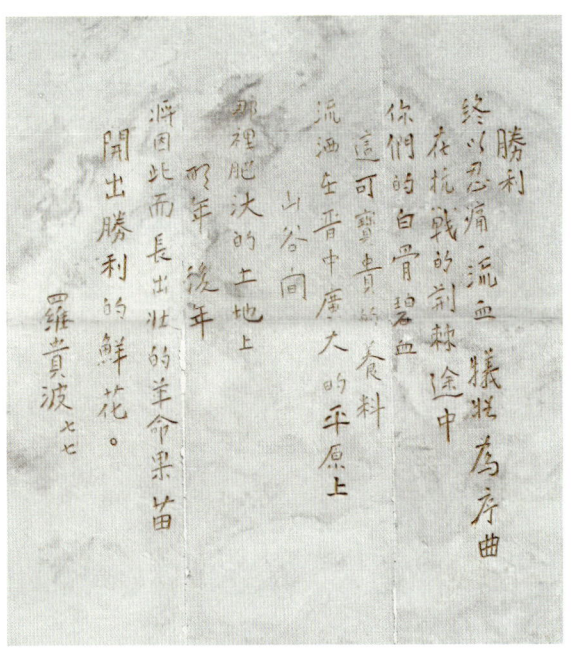

罗贵波题词

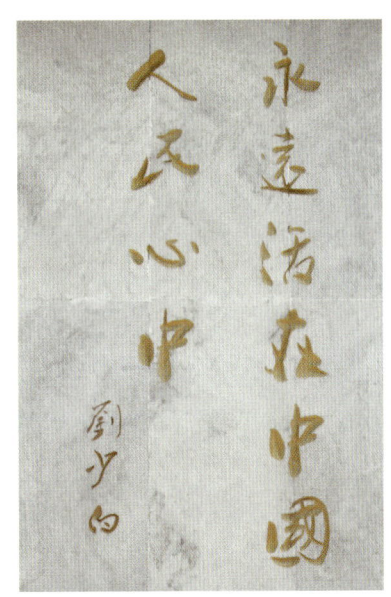

刘少白题词

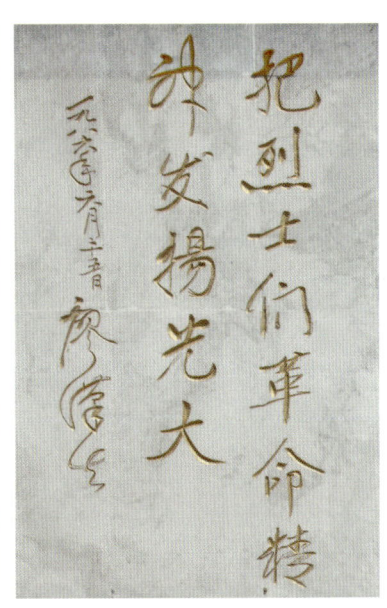

廖汉生题词

继承先烈遗志
开创四化新业

李立功题词

用战斗的精神踏着烈士们的血迹前进
王长江

王长江题词

烈士虽死犹生
功绩流芳百世

晋绥边区各界抗日救国会

抗日救国会献词

序 *Preface*

贺晓明

晋绥是山西和绥远（今内蒙古自治区）的合称，主要包括山西省的吕梁山和内蒙古的大青山。

1937年9月，八路军第一二〇师奉命开赴晋西北，与中共地方组织、山西新军和统一战线组织"战动总会""牺盟会"等一起，创建了晋西北和绥远大青山抗日根据地，并形成了拥有50余县、近600万人口的"晋绥抗日根据地"，政治中心设在山西兴县蔡家崖村。

晋绥抗日根据地西凭黄河，拱卫延安，是党中央的前卫阵地；东襟汾河，虎视同蒲，与晋察冀、晋冀鲁豫两区相接；北越平绥铁路，迄包头、百灵庙、陶林、武川一线，控制平绥铁路和长城要塞；南越汾离公路（汾阳至离石），达晋西南地区。

安魂

晋绥抗日根据地屏障着大西北，控制着平绥、同蒲两条日军在晋绥的大动脉，使包头、大同、归绥（今呼和浩特市）、太原等战略要地置于八路军威胁之下。

晋绥抗日根据地的特殊战略位置，招致日军的疯狂进攻和残酷"扫荡"，作为政治中心的兴县更是首当其冲。晋绥军民在此与日寇展开了激烈交锋，无数英雄儿女血洒疆场，仅八路军战士就牺牲2000余名。限于当时条件，牺牲的官兵都是就地就近草草掩埋，散葬在兴县13个乡镇、30多处地方。

近年来，吕梁军地领导以高度的历史责任感和强烈的使命感，再次大规模、有计划地寻找散葬烈士遗骨，并选址新建革命烈士陵园。到2017年清明前，一座占地300亩、投资4000余万元的晋绥革命烈士陵园修建完善，已有595位烈士遗骨迁入园内。

在战争年代，晋绥人民为民族独立解放做出重大牺牲和巨大贡献，如今，又克服种种困难，寻找烈士遗骨，修建烈士陵园，再一次彰显了老区人民的崇高品德和博大胸怀。2017年4月，我再次回到父辈们战斗、生活过的地方，站在气势恢宏的晋绥革命烈士陵园前，看到一排排洁白的汉白玉墓碑就像出征的战士，一棵棵翠柏青松就像绿色的长城，禁不住泪流满面。我默默祈祷，先辈们，安息吧！

车瑞金同志以图文并茂的形式，围绕吕梁军民寻找收迁安葬晋绥抗战烈士散葬遗骨这件事写成的这本书，讲述了八路军第一二〇师的抗战史，讴歌了先烈的动人事迹，赞颂了吕梁军民的感人善举。尽管只是一个片段，但对曾在晋绥战斗过的老战士来说,是一种历史深处的记忆;对今天的大多数人来说,是一种缅怀和纪念。

车瑞金同志书中所述只是吕梁军民寻找安葬晋绥抗战烈士散葬遗骨的一小部分,还有更多的散葬烈士需要寻找迁葬。我真切希望吕梁军地能够继续把这件好事持之以恒做下去,直到每一位散葬烈士能入园安葬,以此告慰他们的在天之灵。

这本书是一部生动的爱国主义教育的好读本,能够激发广大读者的爱国情怀,弘扬民族精神的正能量,希望本书的出版能赢得广大读者的喜爱。

2017年10月于北京

(本文作者系贺龙元帅之女,山西省晋绥文化教育发展基金会名誉理事长)

目 录

前　言 / 001

一、圣洁白花寄思情　仰碑追忆英烈魂 / 001

二、炮声骤起卢沟桥　战火蔓延晋西北 / 009

三、一二〇师赴晋绥　创建抗日根据地 / 015

四、凶残无道日本兵　灭绝人性屠生灵 / 021

五、晋绥军民奋反击　同仇敌忾抗倭敌 / 027

六、勇士征战捐身躯　后人追思无处去 / 039

七、愿得忠骨入土安　军地携手建陵园 / 045

八、踏遍千山寻英烈　丹心捧骨入新冢 / 051

九、不顾身命为信仰　烈士英名留吕梁 / 061

十、衷心不已访亲人　悼逝问生慰英灵 / 075

十一、亲人纷聚凤凰岭　烈士塔下祭忠魂　　/　103

十二、忠烈事迹传千秋　风范永存励后生　　/　109

十三、晋绥儿女承遗志　反哺老区报泽恩　　/　123

十四、晋绥精神放光芒　红色基因永相传　　/　129

附：

无名烈士收迁合葬情况一览表　　/　135

无名烈士收迁单葬情况一览表　　/　135

有名烈士收迁安葬情况一览表　　/　138

中共中央晋绥分局领导名录　　/　147

晋西北（晋绥边区）行政公署领导名录　　/　149

第一二〇师（晋西北军区、晋绥军区）部队序列　　/　150

后记　/　216

前　言

山西兴县，吕梁山中，黑茶山余脉凤凰岭下，湫水河畔，阳坡水库旁，一座新建的晋绥革命烈士陵园坐落其间。极目远眺，一排排汉白玉墓碑肃然耸立，上面的红五星在阳光映托下鲜艳夺目，千余株翠柏环绕墓群，像一道道绿色长城，更像守护先烈的一个个卫士。这里安葬着新近收迁迎回的595位晋绥八路军抗战烈士遗骨。70年前，他们曾是朝夕相处的战友，为了抵御外侮，这些热血男儿听从党和人民的召唤，积极奔赴抗日前线，献出自己年轻宝贵的生命。牺牲后，由于当时处在条件极度恶劣的战争年代，他们被就地就近分散掩埋。如今，在吕梁军民的共同努力下，终于为这支部队又一次吹响集结号，分别70多年的战友实现了"大团聚"。

1937年9月，八路军第一二〇师奉命开赴晋西北，与中共地方组织、山西新军(山西新军是山西青年抗敌决死第一、二、三、四纵队,工人武装自卫旅,陆军暂编第一师、政卫第二〇九、第二一二、第二一三旅9支部队的总称。它是抗日战争初期我党与阎锡山合作时创建的,形式上归阎系军队序列,实际为我党领导的抗日武装)和统一战线组织"战动总会""牺盟会"等一起,创建了晋西北和绥远大青山抗日根据地,并统一为大战略区——晋绥抗日根据地。晋绥抗日根据地的首府设在晋西北的兴县蔡家崖村,晋绥党政军主要领导人贺龙、关向应、林枫、续范亭、周士第、甘泗淇、李井泉等同志长期生活和战斗在这里。晋西北的兴县成为晋绥军民抗战的政治中心和指挥中枢,也是拱卫延安,保卫党中央的前卫阵地。

1937年11月日军攻占太原,1938年春又气势汹汹进入晋西北,对晋绥根据地发动了疯狂大"扫荡"。八路军第一二〇师(1940年11月改称晋西北军区,1942年12月改称晋绥军区)部队与日军展开了艰苦卓绝、英勇顽强的殊死战斗。从配合忻口战役,收复晋西北7县城以及反"扫荡"、反"蚕食"、"挤敌人",到攻势作战,共组织大小战斗10000余次,毙伤日伪军约130000余人。仅在晋绥抗日根据地首府兴县地区,就组织大小战斗200余次,歼灭日伪军3000余人,沉重打击了日军的嚣张气焰,保卫了党中央,为华北乃至全国抗日战争胜利做出巨大贡献。

浴血奋战中,晋绥八路军也付出沉重代价。牺牲指战员

14000余人,负伤32000余人,仅牺牲在兴县这片土地上的八路军战士就达2000余人。烈士的鲜血染红了兴县的大地沃土,烈士的遗骨散落兴县的山野沟壑,烈士的忠魂飘荡在兴县的山山水水。

新中国成立以后,吕梁和兴县军地陆续接待了来此寻亲的烈士亲属,接到不少来自全国各地要求查找在晋绥抗战中牺牲亲友的电话和信函。由于资料有限,虽经军地多方查找,但能确认的寥寥无几。

妥善收葬这些英勇的晋绥烈士,一直是吕梁军民的夙愿。从2004年起,属于国家级贫困县的兴县就开始启动这一工作,但由于资金有限,只是对一些相对集中的墓地进行了维护。2011年,国家民政部、发改委下拨500万元烈士陵园建设经费,山西省和吕梁市很快落实了配套资金,晋绥烈士墓区建设和烈士遗骨收迁安葬工作当即摆上兴县县委、县政府议事日程。2011年4月,晋绥革命烈士陵园建设工程破土动工,2011年7月烈士遗骨收迁工作正式启动。2014年,以晋绥儿女和第一二〇师后代为主体的山西省晋绥文化教育发展基金会在兴县成立,首要工作就是全力支持烈士陵园建设和烈士散葬遗骨收迁。截至2017年4月,一座占地300亩、投资4000余万元的晋绥革命烈士陵园建成完善,已有595位晋绥八路军抗战烈士散葬遗骨集中安葬于新建的晋绥革命烈士陵园,久别的战友70年后终于重新集结。

寻找收迁晋绥抗战烈士散葬遗骨的工作还在继续。70多年了，散葬烈士墓有的因风吹雨淋、水土流失，已看不出原来的样子；有的因农田改造、山体滑坡等原因深埋地下；还有很多根本无人知道埋在哪里，寻找起来极为不易。这也是为什么目前只寻找到595位烈士遗骨的原因。但无论有多大的困难，让每一位烈士忠魂安息圣地，是吕梁军民的永恒责任和无限情怀。

作　者

2017年8月

仰碑追忆英烈魂
圣洁白花寄思情

圣洁白花寄思情
仰碑追忆英烈魂

2017年5月4日，山西省吕梁市兴县东会乡寨上村凤凰岭。云雾低垂，细雨霏霏。晋绥革命烈士陵园内，寂静的陵墓在雨雾中愈发肃穆，鲜嫩的春草倍加怒发。晋绥革命烈士纪念塔巍然矗立，塔身上垂着两条红色大条幅，上面写着两行金色大字：祭扫晋绥先烈，感恩吕梁老区。

这是吕梁军分区、中共兴县县委和山西省晋绥文化教育发展基金会举行的晋绥抗战烈士遗骨收迁安葬祭奠仪式。远道而来的晋绥儿女、第一二〇师后代、烈士亲属和当地群众、驻地官兵代表500余人，胸戴圣洁的白花，肃立陵园广场迎接烈士回家。

随着低沉婉回的《思念曲》响起，68名礼兵抬着新近收迁的17位烈士遗骨棺柩缓缓步入陵园。简朴的仪式后，晋绥儿女、第一二〇师后代以及烈士亲属代表护卫着烈士遗骨棺柩，安放在早已准备好的墓冢内。贺龙元帅之女贺晓明拿出17枚特制的八路军第一二〇师徽章，委托大家放入每一个棺柩中，作为烈士的陪葬品。"我们办了一件非常有意义的大事。今天这个仪式，对我们是鼓舞，更是动力。希望这件事情能坚持不懈做下去，也感谢当地政府为烈士收迁安葬所做的工作。"贺晓明饱含深情的肺腑之言感动了在场的所有人。随后，大家为烈士擦拭墓碑，给墓地的树木培土浇水，愿松柏常青，愿烈士精神代代相传。

这已经是第6次举行这样的仪式。自2011年起，吕梁军民在兴县的荒山野岭中寻找到595位晋绥八路军抗战烈士遗骨，集中安葬到这座新建成的晋绥革命烈士陵园里。

气势恢宏的晋绥革命烈士纪念塔

2011年，中共兴县县委、县人民政府在东会乡寨上村凤凰岭征地300亩，投资4000余万元，新建了这所晋绥革命烈士陵园。陵园坐北向南，怀绕碧水粼粼、景色秀美的湫水河，前临波光潋滟、鱼跃鹅凫的阳坡水库，背依巍峨挺拔、风光旖旎的黑茶山，毗邻"全国百佳红色旅游经典景区——'四·八'烈士纪念馆"，既庄严肃穆，又恢宏大气。

步入陵园，一座由汉白玉砌成的石牌坊矗立中央，门楣上镌刻着晋绥老前辈段云题书的"浩气长存"四个大字，两侧立柱上刻有一副对联："黑茶山永铸烈士丰碑，湫水河长歌英雄伟绩"。正对石牌坊的阳坡水库岸边，一把金色的军号高高扬起，似乎在向吕梁山吹响集结的号声。石牌坊后是一座高大的烈士纪念塔，塔身的四方书写着毛泽东等领导同志1952年9月为晋绥解放区烈士的题词。塔身正面是毛泽东的题词：晋绥解放区烈士塔；右侧贺龙的题词是：吕梁苍苍，汾水洋洋，先烈伟绩，山高水长；左侧林枫和李井泉的题词分别是：革命烈士永垂不朽、为人民革命事业而光荣牺牲的烈士们永垂不朽。背侧为时任晋绥行署代主任武新宇的题词：晋绥革命根据地，坚持抗战树伟绩；无数先烈抛头颅，广大人民洒热血；壮志浩气丽山河，英雄业绩垂史册；继往开来作楷模，发扬光大在吾侪。

烈士纪念塔两侧依傍山势建有一排弧形的黑色大理石英烈名录墙，镌刻着1949位烈士的姓名、籍贯、部队番号和牺牲时间，名录墙每隔一段，镶嵌着一幅晋绥领导人的题词。陵园顶处的三组群雕像，分别代表着"厉兵秣马""全民支前"

清明祭奠烈士

"前赴后继"三个篇章,每个篇章由十一个人物雕像组成,象征着晋绥革命根据地十一年的辉煌历程。

烈士纪念塔的背后呈扇形、阶梯式建有 4 座合葬墓(安葬着 194 位烈士)、401 座单葬墓。墓群周围是晋绥老干部、晋绥儿女和第一二〇师后代捐资栽种的近千株松柏树。一排排汉白玉墓碑静静地矗立在墓室前方,像游子在远眺家乡,像水手在遥望陆地,更像一个个铁血雄兵,矢志不渝地守卫着身后的大好河山。有的墓碑上镌刻着名字,碑后是一段可歌可泣的英雄儿女战斗史;更多的墓碑上写着"无名烈士",以序号排列,唯有每一座墓碑上方镌刻的红五星,无声诉说着永世长存的傲骨忠魂。

牺牲是一个强大国家和优秀民族不可缺少的血性根脉,崇尚英雄则是一个民族崛起必须拥有的价值取向与自强情怀。一位烈士倒下，就有一道英勇的精神长存，千百名烈士倒下，就有一座烈士精神的丰碑铸就，引领着中华民族向着胜利勇敢前进。

烈士塔前万籁无声，松柏林中清风呜咽。在荒山野岭中飘荡了 70 多年之后，595 位为民族独立和人民解放英勇牺牲的英烈终于回家了，他们在这里重新集结，遥望祖国巨变，追忆往日峥嵘……

战火蔓延晋西北

炮声骤起卢沟桥

▶ 炮声骤起卢沟桥　战火蔓延晋西北

炮声骤起卢沟桥
战火蔓延晋西北

1937年的7月7日，在中华民族的历史上是一个令人刻骨铭心、永远不会忘却的日子。这一天，日本帝国主义制造了"卢沟桥事变"，向中国发动了全面侵略。这一天，中国人民开始了同仇敌忾、全面抗战的征程，也是从这一天开始，战火向山西蔓延而来，把山西推向了抗击日本侵略者的第一线。

卢沟桥，位于北京西南郊外的永定河上，全长266.5米，宽9.3米，为11孔联拱石桥。建于金大定二十九年（公元1189年），至今已有800多年的历史，以精美的狮雕和"卢沟晓月"闻名于世，是进出北京西南大门的重要门户。20世纪初，又在石桥的北侧修建了铁路桥，成为扼守平汉铁路的一个咽喉要冲。卢沟桥东百余米，就是宛平县城，城墙高大坚固，

恢宏的卢沟桥

自明代以来就是拱卫京师的军事重镇，战略位置非常重要。

日军侵占东北、热河、察哈尔和冀东以后，对北平（今北京市）形成了三面包围之势，卢沟桥为北平对外的重要通道。为了占领这一战略要地，从1937年5月起，日军就频繁在卢沟桥附近进行挑衅性军事演习，不断制造事端，战争的阴云笼罩在古老的北平上空。

1937年7月7日晚，日军华北驻屯军住丰台部队，以卢沟桥为假想攻击目标，举行所谓的军事演习。到晚上10时许，指挥演习的中队长清水节郎以少了一个士兵为由，蛮横要求带部队进宛平县城搜寻。日本特务松井久太郎威胁说，如果中国方面不允许进入宛平城，日军将以武力保卫前进。同时，增援丰台的日军还无理提出：中国军队撤出宛平县城西门外，让日军进入东门。面对日军的无理要求，负责保卫宛平城的国民革命军第二十九军第三十七师第一一〇旅第二一九团吉星文团长严词拒绝，日军随即向宛平城开炮，中国军队忍无可忍，奋起应战，予以还击。至此，拉开了中国人民全面抗战的帷幕。

日军蓄意扩大卢沟桥事变。从7月20日起，日军开始大规模聚集，21日大批飞机低空掠过北平上空，对第二十九军和北平市民进行恫吓，25日占领廊坊车站，26日向第二十九军发起大规模进攻，28日北平失守，29日天津沦陷。

日军占领平津后，分兵三路西进南下，狂妄叫嚣在一个月内占领山西，三个月内占领全中国，气焰十分嚣张。素称"华北锁钥"的山西一时战火纷飞，硝烟弥漫。

国民党片面抗战的路线，招致了前线的失败。阎锡山的旧军腐败无能，引来了无情的祸水。一队队国民党军尚未见到日军的模样，尚未听到日军的枪声，便退了下来。日军长驱直入，9月9日阳高被占，12日天镇失守，13日大同沦陷，接

国民革命军反击日军

着日军突破内长城一线,疯狂扑来。至 28 日,在短短的 19 天中,日军先后攻占雁北 11 座县城。11 月 8 日,日军集中两个师团的兵力,东由娘子关、北由忻口两个方向向太原发起攻击。固守太原的国民党军弃城而逃,太原失守。

1938 年春,驻大同日军袭击晋西北,驻太原日军向晋西进攻,相继占领汾阳、离石、岚县等地。日军铁蹄所踏之处,屠城掠地,涂炭生灵。从此,抗日的烽火在晋西北熊熊燃起。

创建抗日根据地
一二〇师赴晋绥

一二〇师赴晋绥 创建抗日根据地

卢沟桥的炮声，点燃了全国抗日的烽火，激起了全国军民团结御侮的抗战精神，促进了中华民族抗日救国的觉醒。1937年8月7日，蒋介石召集国民党党政军要人，在南京举行最高国防会议，决定实施全面抗战。在这次国防会议上，国民政府同意将中国共产党领导的红军改编为国民革命军第八路军（后改称第十八集团军），将江南红军游击队改编为国民革命军陆军新编第四军。8月25日，中共中央革命军事委员会（简称中革军委）根据国民政府军事委员会命令，宣布国民革命军第八路军（简称八路军）正式组成，下辖第一一五师、第一二〇师、第一二九师和总部直属队，共4.6万人。10月12日，根据国共双方达成的协议，宣布国民革命军陆军新编第四军

（简称新四军）正式成立，下辖4个支队，共1万人。

1937年9月3日，八路军第一二〇师师长贺龙、政治委员关向应率领全师8227人，由陕西富平县庄里镇出发，东渡黄河，开赴抗日前线晋西北。

第一二〇师进驻晋西北后，抽调大批干部组成地方工作队，分赴晋西北各县，积极发动群众，宣传党的抗日主张，并与中共地方组织、山西新军和统一战线组织"战动总会"和"牺盟会"等一起，创建了晋西北抗日根据地，又从晋西北挺进绥远（今内蒙古自治区），同中共地方组织、当地抗日革命武装会合，开辟了大青山抗日游击根据地，随后，两块相对独立的地区统一为大战略区——晋绥抗日根据地。

晋绥抗日根据地西濒黄河，与陕甘宁边区隔河相望；东襟汾河，虎视同蒲，和晋察冀边区相接壤；北起平绥路，到达绥

八路军开赴抗日前线

一二〇师赴晋绥　创建抗日根据地

兴县蔡家崖第一二〇师暨晋绥军区司令部

远的百灵庙、包头、武川、陶林，和茫茫的蒙古大草原相依；南括巍峨的吕梁山脉，延伸到晋西南山区，和晋冀鲁豫边区相呼应。南北纵长 2000 里，东西横贯 500 余里。域内丘陵起伏，土梁盘结，沟壑蜿蜒，岗岵峦连，群峰耸峙，道路四通八达；境内有吕梁山、大青山、管涔山、洪涛山、云中山、蛮汉山、黑茶山等山脉，山峦巍峨；黄河、汾河、大黑河等河流奔泻于山壑。河山交错，易攻易守，便于迂回机动。如果说陕甘宁边区是指挥中国革命战争的首脑，那么，就其地理位置来说，晋绥抗日根据地就是通往首脑的咽喉，也是党中央通往华北、华东、华中等抗日根据地的走廊，战略地位十分重要。

随着晋绥抗日根据地的发展壮大，1940 年 1 月，在我党领导下，晋西北行政公署成立（后改为晋绥边区行政公署）；

1940年11月晋西北军区成立（后改为晋绥军区）；1942年8月中共中央晋绥分局成立。中共晋绥分局、晋绥边区政府和第一二〇师暨晋绥军区司令部驻扎在晋西北的兴县蔡家崖村。兴县成为晋绥军民抗战的政治中心和指挥中枢。

灭绝人性屠生灵

凶残无道日本兵

凶残无道日本兵 灭绝人性屠生灵

晋绥抗日根据地的创建、发展，使日军如鲠在喉，如芒刺背，非常恐慌，特别是抗日战争进入战略相持阶段后，日军改变侵华策略，对中国共产党领导下的抗日根据地实行残酷的"扫荡"和经济封锁，对晋绥抗日根据地的首府兴县更是集中重兵进行疯狂围剿。

1938年春，日军纠集两个师团20000余兵力，分由大同、太原出发，气势汹汹进入晋西北地区，实施了惨无人道的杀戮。据统计，晋西北24县被杀害群众达27000余人。

1940年10月至11月，日军华北方面军第一军以独立混成第三、第九、第十六旅团各一部共4000余人，在汾阳、交城和岚县以南米峪镇地区"扫荡"；从12月14日至19日，以

日军惨无人道地屠杀无辜群众

独立混成第三、第九、第十六旅团和第三十七、第四十一师团及伪军共20000余人,分由太原、汾阳、离石、岢岚、岚县等据点出动,采取"铁壁合围""铁笼式清剿"等战术,对晋西北地区实施全面大"扫荡"。

1940年12月23日,日军混成五十九旅团在飞机大炮的掩护下,攻占兴县县城。日军进城之后,见屋就烧,见人就杀,见物就抢,从初生婴儿到古稀老人,无一能逃脱侵略者魔掌。在城北紫沟村,183名老弱妇孺被日军赶到一片空地上用机枪射杀;在西关郭家沟村,日军将沿路抓来的70多名群众集中在康家大院里,一个个地用刺刀捅死;在城东郭家峁村,日军将藏在山沟土窑洞中的83名群众用机枪扫射后,又用火烧烟熏；城关西崖湾的群众躲藏在西庵寺内被发现，日军冲进寺院乱砍乱杀，满院子留下了横七竖八的尸体，有的缺腿断臂，有的身首两地，有的开胸豁肚，惨不忍睹。

日军血洗兴县城后，组织了专门的杀人队、放火队，对兴县周边的乡村实行"三光"政策，扬言根据地的群众"赤化太深"，不可教育，只有杀尽灭绝。日军窜到南川红月沟，把来不及躲藏的群众胁迫到赵家墕村，用刺刀一个一个地捅下山洪冲成的腔渠中，他们还放火烧毁民房，捉鸡宰羊，在火堆前烤肉吃；这股日本军又窜到红月村，将抓到的47人赶进一间大草屋，用柴草堵住门窗，泼上汽油，点火焚烧，46人被活活烧死，只有一人逃生。瓦塘行政村有十八个自然村，日军扫荡了十七个村庄，有的村往返"扫荡"了四、五次，有的村子房

被射杀后焚烧的群众

屋被烧光，住户被杀绝，财物被抢空。

日军凶残的"扫荡"和惨无人道的"三光"政策，给兴县人民造成惨重的灾难和损失。据统计，1940年至1944年，日军6次"扫荡"兴县，全县被日军烧毁房屋68580间，烧毁门窗5200多副，破坏有历史价值的文物建筑30多处；抢走和烧毁粮食2000余万公斤，抢走牲口2500多头，宰食猪、羊、牛5000余头，鸡鸭上万只；抢走银圆13000多元，金银首饰、珠宝玉器、衣物绸缎无数，毁坏家具物品不计其数。更令人发指的是，全县有2393名无辜群众惨遭杀害，700多男女青年被日军抓走，下落不明，100多个家庭绝户。

同仇敌忾抗倭敌 晋绥军民奋反击

晋绥军民奋反击 同仇敌忾抗倭敌

日军的凶残暴行,激起了晋绥军民的极大愤慨。他们掩埋了亲人尸体,坚定地走上了抗日前线,与侵略者展开了殊死搏斗。在八年全面抗战中,第一二〇师暨晋绥军区部队从配合忻口战役、收复晋西北 7 县城以及反"扫荡"、反"蚕食"、"挤敌人",到攻势作战,共组织大小战斗 10000 余次,毙伤日伪军 130000 余人,给日军以沉重打击。仅发生在兴县周围的著名战斗就有四起。

米峪镇歼灭战。1940 年 6 月,日军从太原、汾阳、离石、静乐和河曲等地集中了 20000 多兵力,分九路向兴县发动了一次大"扫荡"。

日军九路兵力从三面包围兴县,只余西面的黄河天险。第一二〇师首长意识到黄河是延安的门户,是陕甘宁边区的屏障,日军的目的是要将八路军赶过黄河,进而进犯大西北。为了避敌锋芒,挫败日军图谋,第一二〇师决定采取主力隐蔽集结,向外线转移;地方武装化整为零,以营、连、排、班积极活动;发动群众,实行空室清野,破坏敌人的交通要道,断敌给养,牵着敌人牛鼻子转;以逸待劳,抓住战机,集中兵力,给敌人以歼灭性打击的作战计划。

6月14日,驻岚县5000多日伪军进占普明、东村、西马坊等地;驻静乐1000多日伪军向米峪镇进发,企图绕至岔口,袭击八路军后方机关;驻交城、文水日军企图翻越吕梁山,从南面进犯兴县。

针对日军的进攻图谋,第一二〇师首长命令第三五八旅派出一个营,破坏岚静公路,切断了静乐通往岚县的交通要道,

八路军在阻击日军进攻

并将主力部队集结于黑茶山和白龙山的边沿地带，准备伏击从岚县南下日军。同时，山西新军工卫旅和暂一师、决死第四纵队和第二纵队一部，先后在西岩、郭家梁、建家岩、双龙镇、岔口等地阻击日军，并趁日军后方空虚之机，摧毁敌伪政权，捕杀敌特汉奸，围困兵营据点，消耗疲惫日军。

在八路军的袭扰和打击下，驻岚县的日军龟缩在东村、普明等地困守不出。此时由娄烦出动的日伪军已孤军深入，进入米峪镇和兴旺庄一带。第一二〇师首长当机立断，命令主力部队抽出一部星夜转移米峪镇附近，以优势兵力将据守在米峪镇以南的日伪军1000余人包围起来。日伪军据守山头，负隅顽抗，八路军奋力冲杀，接连攻克日军据点，余敌退守到一个山头上，加修工事，固守待援。八路军炮兵向敌阵地猛烈炮击，步兵在我炮火的掩护下，向敌人展开了冲杀，经过激烈的白刃格斗，全部歼灭了日伪军。据守在米峪镇以北的日伪军，依托房屋进行顽抗，八路军以密集火力进行强攻，逼使敌退至一孔窑洞内。八路军实施火攻，数十名残敌全部葬身火海，其余零散逃敌，因不熟悉地形，疯跑乱窜，也被我军歼灭。

经过两昼夜的激烈战斗，八路军将1000余日伪军全部消灭在米峪镇，取得了反"扫荡"战斗中的第一个重大胜利。

二十里铺伏击战。1940年6月28日，驻岚县东村日军混成第九旅团，纠合白文镇北上和保德南下的日伪军4000余人，分路直扑兴县城，企图与八路军决一死战，报米峪镇惨败之仇。第一二〇师首长判断敌人在找不到八路军主力的情况下，不会久占兴县城，从岚县来的一路日伪军必定会很快向东撤退。随即命令第三五八旅第七一六团、第四团，独一旅第七一五团、第二团，以及刚从冀中归建的第三支队、第五支队，向二十里铺以东的奥家坪、交口、阳会崖、明通沟、白崖沟南北两山运动，以期在这里伏击向东撤退的日伪军。当时，独一旅在临县清凉寺一带，第三五八旅在兴县康宁西北一带，接到命令后，几支部队迅速向指定地点集结。

这次战斗，由第三五八旅旅长张宗逊、政委李井泉统一指挥，具体部署是：第七一五团在交口至阳会崖南山设伏；第二团、第七一六团至白崖沟南山设伏；第三支队在北山一线向西南对敌先头攻击；第三五八旅的任务是自西南向敌侧后攻击；第五支队在大蛇头、界河口一带担任警戒。7月4日拂晓前，各部队（除第三支队）进入指定位置。第一二〇师首长抵近阳湾子设指挥部。

从兴县城撤退的2000余日伪军分三批沿蔚汾河向东而来。中午时分进入二十里铺以东八路军伏击圈，先头已进至明通沟，正在路旁休息。此时我军大部队还没有上山，两个前卫营长觉得机不可失，立即指挥部队以轻重机枪和掷弹筒等火器向敌人突然猛烈开火，顿时把敌人打得晕头转向，人仰马翻，死伤一片。但敌人很快清醒过来，一边组织就地抵抗，一边迅速占领阳会崖北山高地，以轻重机枪掩护向南山冲击，同时大炮猛烈轰击八路军阵地。这时，第七一五团第二营营长罗坤山亲自带两个连冲下山，双方在南山一线展开激烈厮杀。

战斗到4日黄昏，八路军打退了日伪军5次冲锋。这时，第三五八旅第七一六团也赶至二十里铺、石槽沟南山一线投入战斗，日军被迫撤回阳会崖、明通沟村坚守防御。4日深夜，天降大雨，八路军组织14个连的兵力，以连排为单位摸进村里，给敌人以突然袭击。7月5日，保德方向的日军闻讯向阳会崖增援，八路军主动撤出战斗。

二十里铺伏击战，毙伤日伪军700余人，粉碎了日军的大"扫荡"，巩固了晋西北地区，创造了远距离运动打伏击战的经典战例，史称"二十里铺战斗"。

田家会大捷。1942年5月中旬，日军第六十九师团第五十九旅团独立步兵第八十五大队600余人及伪军100余人，再次奔袭兴县。晋西北军区在侦悉日伪军的行动企图后，根据其孤军冒进的情况，决心先以小部队及游击队沿途袭扰，消耗疲惫敌人，待其深入根据地后，再集中兵力相继歼灭。

5月14日，该路日伪军由岚县东村、寨子出动，沿岚兴

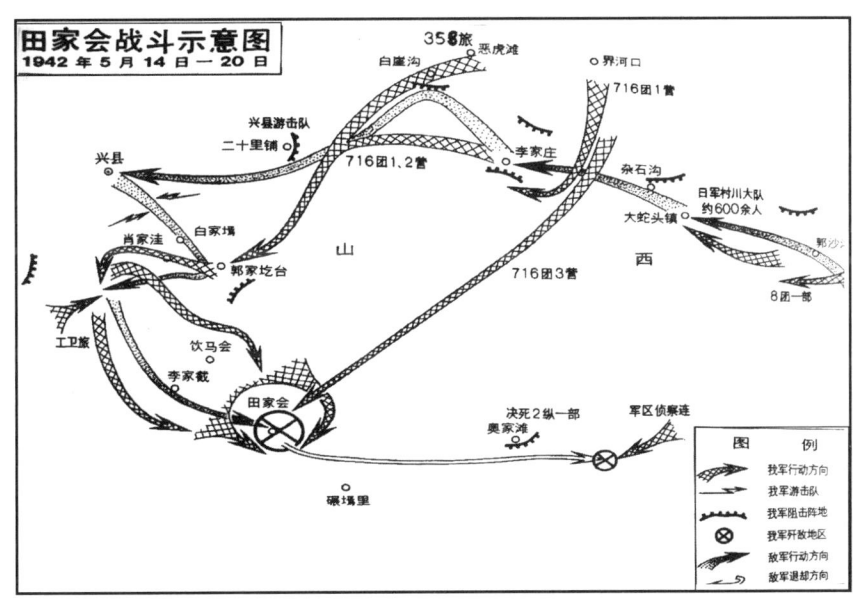

田家会战斗示意图

（岚县至兴县）公路急进。第三五八旅与山西新军一部，沿途不断以少数兵力袭扰，掩护驻兴县城的党政军机关和群众坚壁清野，安全转移。16日晚，该路日军趁夜从李家庄继续西犯，并于17日拂晓进占兴县城。日军扑空后发现八路军已有准备，不敢久留，对兴县城进行大肆洗劫后，于17日中午向东南撤退，途中遭工卫旅和民兵阻击，当日只行进6公里，进至兴县白家㟁被迫转入防御。第一二〇师首长遂令第三五八旅第七一六团和工卫旅进至郭家圪台、黄家㟁、双盛村地区设伏；兴县游击队进至白家㟁西北配合作战；第三五八旅第八团和决死第二纵队、独立第一旅、决死第四纵队各一部在兴县与岚县、方山之间的大蛇头、奥家滩、寨上等地阻击可能增援的日伪军，并指定第三五八旅参谋长李夫克等组成南方指挥所，统一指挥战斗。

此时，孤军深入的日伪军，经过4天的连续行军作战，疲惫不堪，遂停止前进，转入防御，等待救援。5月18日上午，日伪军见救援无望，即开始由白家㟁向黄家㟁、双盛村开始撤退，当其进至二京山时遭八路军第七一六团及工卫旅迎头痛击，即转向西南逃窜。八路军各部前堵后追、两翼截击，将日伪军包围于肖家洼西南高地，激战至21时，日伪军余部乘夜经由东南方向的赵家沟向田家会地区突围，因道路不熟，一夜之间仅行10余公里。19日晨，第三五八旅和工卫旅追击部队又将日伪军包围于田家会地区，并于18时30分对其发起攻击，经2小时激战，除少数日伪军溃逃外，其余全部被歼灭。

此次战斗，歼灭日伪军500余人，缴获山炮1门，重机枪

2挺,轻机枪6挺。此战,八路军部队抓住日军孤军深入、孤立无援、仓皇撤退之机,集中兵力连续实施追击,歼灭了其有生力量。此后,日军再不敢孤军进犯兴县地区。

甄家庄歼灭战。1943年9月至11月初,日军以第六十九师团步兵第五十九旅团和独立混成第三旅团,对兴县进行"扫荡"。9月初,第五十九旅团进至临县"扫荡"中遭到八路军的不断伏击、袭击后,主力撤回汾阳等据点,其第八十五大队一部400余人退到临县白文镇。26日晚,该大队另一部400余人从岚县寨子据点出动,企图与白文镇的日伪军分进合击,袭击兴县城。27日晚,两路日军在兴县城扑空后遂向北进击,占领裴家川口、黑峪口,后遭八路军炮击,退至赵家川口。

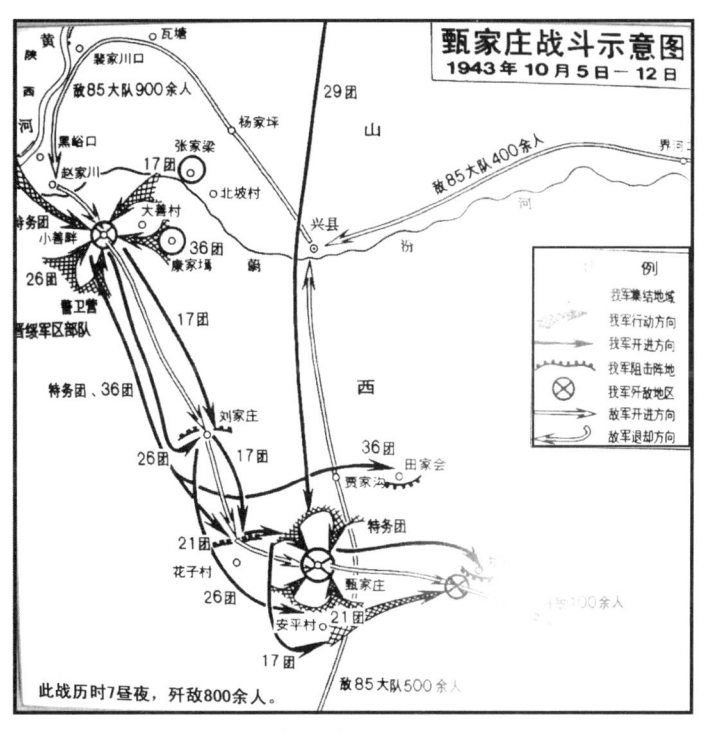

甄家庄战斗示意图

八路军晋绥军区判断，进犯兴县的第八十五大队在田家会战斗中遭到沉重打击，并且孤军深入，交通被我切断，难以久留。晋绥军区遂决心集中军区特务团、第二十一团、第三十六团和刚从冀中军区调来的第十七、第二十六、第二十九团等部，于日军撤退时，采用沿途伏击、袭击、逐次围歼的手段在兴县地区予以歼灭。同时，以部分兵力牵制保德地区日军，配合这次作战。

10月5日1时许，日军第八十五大队由赵家川口向康宁镇方向撤退，拂晓进至小善畔，即遭八路军伏击包围，晋绥军区警卫营首先与日军主力交火，按战斗部署顽强阻击。与此同时，第二十六团在小善畔附近高地与日军交火，阻住了日军的退路。这时，在冯家庄附近遭第三十六团阻击的日军也被迫转向小善畔东北与其主力会合。日军在飞机支援下数次突围均被我击退。此后，八路军一面继续围歼和消耗日军，一面在小善畔村至康宁镇的道路上设伏，并在各路口埋设地雷。6日，八路军又以地方武装和民兵游击队在小善畔至康宁镇沿途设伏，以主力一部前至康宁镇花子村，准备在日军南逃时进行阻击。当晚，日军在小善畔山上焚烧阵亡人员尸体后向南突围，沿途遭八路军第十七团尾击和民兵、游击队的伏击。7日晨，日军在飞机的掩护下经康宁镇继续南逃，在花子村再次陷入八路军的阻击包围中，激战至黄昏，日军向东南方向突围，逃至甄家庄，再次被八路军包围。

日军在连续打击下伤亡惨重，特别是后方补给断绝，仅靠空投少量物资做最后坚持。晋绥军区判断残敌可能经田家会向普明方向逃窜，或经郑家岔向赤坚岭方向逃窜。于是，调整兵力部署，做好围歼逃敌的战斗准备。10月8日，日军3架飞机低空盘旋，向被围日军空投食品、弹药，并扫射和轰炸八路军阵地，企图掩护其突围。21时，日军100余人乘第十七团调整部署的机会，绕路西窜，企图偷袭该团指挥部，突破八路军包围，遭到坚决反击后退回甄家庄东南阵地。

在连续打击下，日军阵地越来越小，伤亡越来越大，有战斗力者已不足300人。为轻装突围，10日下午，日军尉官以下伤兵残酷地用火自焚。21时，剩余300余人向东突围，逃至郑家岔又遭迎头痛击，战至拂晓大部被歼，剩余100余人趁黑夜向山林分散逃窜，之后又大部被捕捉，只有零星残余逃回王狮与赤坚岭据点。

八路军在甄家庄地区连续作战，共歼灭日军700余人，伪军100余人，缴获轻重机枪15挺、长短枪200余支、子弹3万余发。

勇士征战捐身躯 | 后人追思无处去

▶ 勇士征战捐身躯 后人追思无处去

勇士征战捐身躯
后人追思无处去

晋绥八路军浴血奋战，有 2000 多名战士牺牲在兴县这片热土上。70 多年来，烈士静静地躺在兴县的山野沟壑中，而故乡望眼欲穿的亲人们，只知道他们在山西打鬼子牺牲了，却不知道他们埋骨何处，正所谓"阴阳相隔几十秋，天各一方苦相寻"。

1995 年冬的一天，兴县民政局接待了一位特殊的客人。他叫李春和，是河北省高阳县许口村人，受 95 岁母亲的嘱托，前来兴县寻找牺牲的二哥李迎花。李春和是骑着自行车来的。他怀揣 250 元钱，带了一口袋贴饼子，靠一张地图，先至石家庄，又绕行太原，白天骑行，夜宿小店，走了十三天，行程近 700 公里来到兴县，就是要确认一下二哥李迎花牺牲后埋在哪里。在兴县民政局的帮助下，查到了烈士埋葬在兴县李家塔的一片山地里。但面对几十个墓堆，哪个是李迎花烈士墓已无法确认了，李春和只能面对墓群逐一祭拜。

1996年，济南大学一位李姓副书记受母亲委托，带着家人来到兴县寻找在黑峪口一带牺牲的舅舅——时任《战斗报》记者的李久霭烈士。兴县人武部和民政局派人全程陪同。他们踏遍了黑峪口十几个自然村的沟沟岔岔，查阅了大量资料，但最终还是没有找到李久霭烈士的墓。全家人带着无限遗憾，只好在每个烈士墓堆上取了一把黄土带回老家供奉。

2006年，河北保定一位干部受母亲委托，来寻找舅舅李文振烈士。他提供的情况仅仅是舅舅李文振在小善畔战斗中牺牲。县人武部和烈士陵园处的同志陪同烈士亲属驱车30多公里、步行10多公里，风尘仆仆赶到小善畔烈士墓地。但面对杂草丛生的墓地和没有标记的坟堆，亲属们只能含泪将祭品逐一供奉给每个烈士墓冢。

2009年，有一位四川的烈士亲属一路寻来，当他看到荒草满地、无法辨认坟头的烈士墓地时，心酸不已，泪流满面，长跪不起。最后，他握着陪同人员的手，提出自己出钱给烈士整修墓地，令在场的人无言以对。

2010年3月，吕梁军分区领导前往兴县小善畔村调研散葬烈士墓地管护情况，在村口遇到来此祭奠烈士的三位当地老人。年逾九旬的白来有老人激动地说，这些八路军都是为革命牺牲的，解放这么多年了，我们的生活越来越好，可不能忘了这些勇士们啊！

此后，兴县陆续接待了一批批来自全国各地查寻烈士信息的亲属，他们大多满怀希望而来，带着失望而归……。吕梁军分区也接到不少寻亲的电话和信函，也因资料有限，确认者寥寥无几。

烈士亲属的泪水，老人郑重的嘱托，使吕梁军地领导深感内疚和自责。如果说战争年代，环境恶劣，条件有限，牺牲的烈士草草掩埋还情有可原，但抗战胜利 70 多年了，散葬的烈士却还没有"回家"，这实在是失职啊！何况经历抗战的当地老人已经不多了，再过几年当他们都故去后，那些散葬的烈士们将永远长眠山野，难为人知。而烈士故乡的亲人们，却等啊，盼啊，找啊，望眼欲穿！大家深感责任重大，决心克服一切困难，要把陵园建起来，把忠骨找回来，让烈士有个安身之地，让亲人有个祭奠之处。

军地携手建陵园
愿得忠骨入土安

愿得忠骨入土安
军地携手建陵园

妥善收迁安葬散葬烈士,一直是吕梁军民心头的一件大事。从2004年起,兴县就开始做这项工作,但因兴县属于国家级贫困县,投入的资金十分有限,仅对相对集中的一些墓地进行了维护,断断续续收迁了64位散葬烈士遗骨。

"散葬烈士收迁、陵园建设不能再拖了,否则我们既对不起英烈,也对不起后人",这是2011年初中共兴县县委的一次专题会议上,时任县委书记郭颖说的一句话。这次会议决定:为散葬在兴县境内的晋绥抗战烈士新建陵园,重修墓冢,竖立墓碑,把县域内的散葬烈士尽数迁至陵园。

县委书记梁志锋亲自牵头,抽调人武部、民政局、档案馆、烈士陵园管理处人员组成收迁安葬工作组,多次召开协调会议，对墓地查证、遗骨挖掘、陵园建设等各项工作进行研究部署。县长刘世庆带领政府相关部门，多次实地考察，现场办公，研究解决陵园建设和遗骨收迁中的困难和问题。

为了给烈士们选个最好的墓地，工作人员跑遍了全县 17 个乡镇的山坳峁梁，经反复筛选，综合考量，最终选定了兴县东会乡寨上村凤凰岭下的一块坡地。凤凰岭属于黑茶山余脉，怀绕湫水河，前临阳坡水库，毗邻"全国百家红色旅游经典景区——'四·八'烈士纪念馆"，交通便利，是修建陵园、安葬烈士的理想之地。

吕梁军分区召开动员大会

修建晋绥革命烈士陵园受到各级的高度关注和大力支持。

国家民政部、发改委下拨 500 万元专项经费；山西省下拨 400 万元配套经费。

中共吕梁市委召开"议军"会议，专题研究部署晋绥革命

晋绥革命烈士陵园墓群

烈士陵园建设和烈士散葬遗骨收迁安葬工作，并下拨100万元专项经费。

吕梁军分区积极组织官兵和民兵参与陵园建设和迁葬工作，并两次动员官兵捐款24.9万元支。

吕梁市民政局多方协调，积极争取上级的支持，提供政策和资金上的帮助。

山西省晋绥文化教育发展基金会，为陵园建设争取到上级1000万元资金支持，并为陵园绿化工程捐款200余万元。

吕梁市建筑设计院根据凤凰岭山势走向、地形特征，免费设计了建设图纸。

兴县东会乡寨上村群众，自觉迁移了征地内的30尊祖坟；涉及征用土地的群众积极配合，主动减少补偿费用。用村民的话说，大家少得了一点钱，但能为烈士们做点事，这辈子也值了！

让烈士用热血浇灌的英雄之花在晋绥大地上常开常艳、永放异彩，让烈士用生命铸就的历史丰碑流芳百世、光照千秋。一场修建晋绥革命烈士陵园、收迁散葬烈士遗骨的战斗在吕梁山上打响了。

丹心捧骨入新家
踏遍千山寻英烈

踏遍千山寻英烈
丹心捧骨入新冢

为了准确掌握散葬烈士的信息，让每一位烈士都能收迁安葬陵园，兴县专门抽调人武部、民政局、烈士陵园管理处和乡镇干部组成烈士信息普查组和遗骨收迁组，利用省内外媒体广泛征集线索，多方查阅相关资料，走访当年参战的老八路，拜访当年参与掩埋烈士的老人，聘请专业人员探测鉴定墓地，短时间内就收集到了大量的重要线索和资料。

从春到秋，年复一年，日复一日，收迁人员按照掌握的墓地线索，在烈日下群山间一块一块寻找，一处一处排查，一遍一遍挖掘。

"不遗漏一块烈士遗骨，不损坏一件烈士遗物"，这是迁葬中定下的铁规矩。迁葬施工中，收迁人员对墓穴中取出的每一

收迁人员翻山越岭寻查烈士掩埋信息

块砖石、木板、衣物碎片,都要仔细辨认,详细记载。烈士遗骨找到后,收迁人员按照资料记载与墓地烈士人数相符,衣物与烈士身份相符的收迁要求,把资料记载、群众回忆、出土遗物进行一一比对,力求精准确定烈士身份。

用于装殓烈士遗骨的棺柩都是选用上等的木材,专门制作,精细打磨,并在每个棺柩上雕刻了一个红五星。烈士遗骨按战斗名称分类安葬,原来是合葬的,依然合葬,原来是单葬的,还是单葬,一人一棺一墓。

寻找烈士遗骨异常困难。有时根据记载、老乡回忆和仪器探测有墓穴,可是挖开后却是空冢。有的烈士墓地非常偏僻,来回要走五六个小时,收迁人员就支起帐篷,日夜奋战,直到把烈士遗骨全部收迁起来。有时在深山旷野,收迁人员饿了吃点干粮,渴了喝口河水,困了就躺在墓旁与烈士为伴歇息。有的烈士墓地因雨水冲刷和山体滑坡等原因，处在陡峭的山坡上，收迁人员就腰系绳索吊着寻找挖掘。

为烈士寻骨，收迁人员的心头萦绕着一种悲怆之情。

收迁胡家沟烈士让大家遗憾。经查，1944年10月，兴县胡家沟村附近发生过战斗，第一二〇师警卫连牺牲的8名战士掩埋在这里。当年参与掩埋的两位老人指认的掩埋地是一片玉米地，确定方位后开始探测、挖掘。在两米多高的玉米地里，收迁人员挖了好几个地点都没有发现烈士遗骨。后来向村民了解，这里原来是一片缓坡地，70年代搞农田水利建设时，挖出的烈士遗骨又被村民重新移位埋在地下三四米深，现在已变成一片平地，具体方位谁也说不清了。收迁人员只能无功而

收迁人员寻找挖掘烈士遗骨

返，极为遗憾。

收迁枣林坡八路军营长让大家感动。兴县贺家会乡枣林坡村附近掩埋着一位八路军营长。收迁人员驱车50多公里来到枣林坡村，在村支书的带领下，进了一户农家，院内七十多岁的大娘知道收迁人员的来意后，当即给地里干活的老伴拨通手机，收迁人员一问八路军营长掩埋地的事，对方说知道这事，愿意带收迁人员去烈士墓地。中午时分老人回来了，他告诉大家，营长的事他知道，孩童时去沟里玩耍时还见过坟头上的木牌，名字记不清了。这时，村支书又请来了一位七十多岁的老人，他告诉收迁人员，这位营长是哪年牺牲的忘了，当时，营长带一队人员在枣林坡村北的一座山头上拿望远镜观察时，被

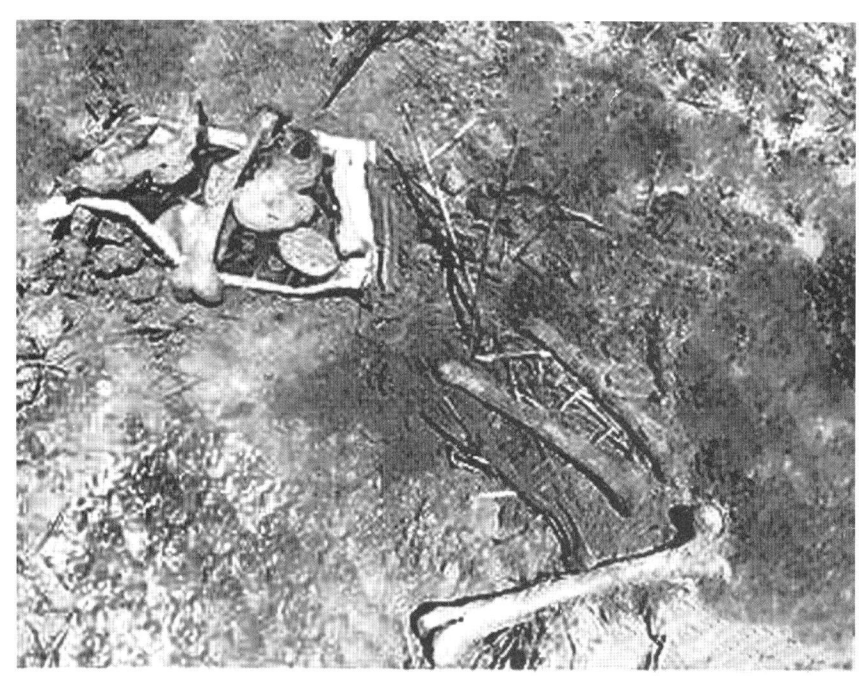

寻找到的烈士遗骨

对面日军阵地射出的子弹击中牺牲。吃过中午饭，两位老人与收迁人员爬山越岭走了五六里山路，来到一条二十米多宽的沟谷里。按照老人指点，收迁人员挖了好几处地点，终于在一处土坡上，找到了营长的遗骨。两位老人不顾年迈体弱、山路崎岖，帮助寻找收迁烈士遗骨的举动，深深地感动了大家。

收迁孙家庄山洞内烈士让大家心痛。孙家庄村附近的山梁上有两个山洞，这是当年八路军第三五八旅伤员的隐藏地，因日军连续"扫荡"得不到补给而牺牲在山洞内，后来被放羊的老乡发现。2016年3月，在当地村民的带领下，收迁人员来到两个山洞里。70多年了，山洞依在，洞顶垮塌的土块已将洞口封闭。挖开土块后，不完整的烈士遗骨露了出来，草垫依然铺在身下，遗骨已是七零八落。收迁人员小心翼翼地收捡遗骨，最终以头颅数确定了14位无名烈士。

收迁桑湾村烈士让大家欣慰。在兴县赵家坪乡桑湾村的半山腰上掩埋着6位晋绥八路军烈士。桑湾村紧临黄河，对岸陕西神府县（神木县与府谷县的合称）的贺家川镇当时是晋绥军区的后方医院。抗战期间，晋绥军区的军政人员以及到后方医院治疗养伤的伤病员都从桑湾村黄河渡口过河。

提供信息的桑湾村村民白红平说，他的父亲白崇真当年参与掩埋了这6位烈士。据白红平讲，抗战期间，有一批第一二〇师的伤员被送到了桑湾渡口，准备由此渡河到对岸的神府县贺家川镇晋绥军区后方医院救治，但当时正值黄河涨水无法行船，伤员被困在桑湾渡口，其中有6位重伤员等不及过河医治就牺牲了，村里组织人将烈士掩埋在桑湾村的山梁上。

这6位烈士的墓地保存完好。探测、开挖，随着土层的剥离，一些墓瓦、石片等被挖出。当地老乡讲，这些物件代表金木水火土，是当地传统的殡葬品。金木水火土代表了世界所有物质，希望逝去的人在另一世界里什么都不缺，表达了乡亲们对八路军烈士的深厚感情和崇敬之意。装殓6位烈士的棺柩是村民用旧船板制作的，虽然棺柩已经破损，但遗骨比较完整。当时物质特别匮乏，村民用旧船板做棺柩，这已经是非常不容易了。6位烈士的遗骨收迁后，重新入棺，迁葬于烈士陵园。

收迁二十里铺散葬烈士遗骨

收迁孙家庄烈士让大家心酸。孙家庄村89岁的尹继生老人向收迁人员反映，抗战时期，八路军第三支队驻在孙家庄村，司令部就驻扎在村里。第三支队是从冀中转隶而来，战士大部分是河北籍的。战斗中牺牲的烈士，大都埋在了孙家庄村附近的榆湾里（村里的地名）。

在村民的带领下，收迁人员来到掩埋烈士遗骨的榆湾里。尽管 70 年过去了，但在这块耕地里，还能隐约看到墓葬的痕迹，地面上也能捡到一些散落的遗骨。村民讲，前几年下雨时，洪水还冲出过烈士的颅骨。耳闻目睹这些情景，收迁人员深感心酸，大家自责地说："我们来晚了。"最后，收迁人员以挖掘出的头颅确认了 20 位无名烈士。

收迁小善畔战场烈士让大家感到战争的惨烈。小善畔是兴县孟家坪乡的一个村名，1943 年 10 月 5 日，晋绥军区部队与日军第八十五大队在这里有过一场激战，100 多位八路军战士牺牲后被就地掩埋。收迁烈士遗骨时发现，烈士的遗体埋得很不规则，有的脚朝上头朝下，有的身体弯曲着，还有的两三个叠在一起；有的用席子裹着，有的则什么也没有，靠墓地的中间位置三位烈士有棺椁，分析可能是牺牲的营连长。从一位烈士的遗骨旁发现一条腰带，腰带的断裂处打了个结；有位烈士遗骨旁还有几粒子弹，整齐地装在弹夹上。有位烈士头颅正中有个洞，里面有颗弯曲的弹头。从这些信息不难看出当时战斗的惨烈，战斗结束后，烈士的遗体大部分被匆匆掩埋，连金贵的子弹都来不及取走。

在随后的收迁中，让大家欣慰的消息不断传来：在东会乡段家湾村找到了 19 位无名烈士遗骨；在二十里铺战场找到了 17 位无名烈士遗骨；在交楼申乡新舍窠村仙洞沟找到 4 位无名烈士遗骨;在赵家坪乡桑湾村,收迁人员找到了八路军洪涛印刷厂采购员曲之松烈士的遗骨;在蔚汾镇孔家沟村,收迁人员找到一位八路军李指导员的遗骨。……

烈士英名留吕梁
不顾身命为信仰

不顾身命为信仰
烈士英名留吕梁

在烈士陵园的苍松翠柏间，有4座合葬墓，安葬着194位烈士；有401座单葬墓，其中，无名烈士墓316座，有名烈士墓85座。

烈士合葬墓4座

在收迁烈士遗骨中，发现了4座合葬墓，收迁时，还按原来合葬的形式迁入新园合葬。这4座合葬墓是：

二十里铺战斗牺牲的烈士。1940年7月，在兴县二十里铺战斗中，八路军伤亡420多人，有38位烈士合葬于此。

冯家庄战斗牺牲的烈士。1943年10月5日，在冯家庄战斗中，八路军伤亡200多人，有40位烈士合葬于此。

和平医院伤亡病故的烈士。1946年至1949年春，第6国际和平医院驻兴县碧村，因伤因病牺牲的24位烈士合葬于此。

兴县南沟门前牺牲的烈士。1940年12月29日，日军1000多人进犯兴县并火烧县城后，向东佯撤至岚县大蛇头。第一二〇师军官教导团参谋训练队121人奉命赶赴县城救火，被复返的日军分割包围在县城内及南沟门前，在惨烈的夜战中，参训队121人，除10人拼死突围、19人下落不明外，队长林长云、指导员李玉成以下92人全部壮烈牺牲。战斗结束后，这92位烈士被老乡合葬在一起。

合葬墓

无名烈士单葬墓316座

316座无名烈士墓，主要是以发现在一个区域掩埋和当时一次战斗后在战场周围发现的烈士遗骨，因没有找到确认烈士身份的信息，只能以序号编列。

001—007烈士墓，因伤病牺牲于兴县杨家坡后方医院。

008—025 烈士墓，第一二〇师侦察排战士，在段家湾战斗中牺牲。

026—027 烈士墓，在兴县冯家庄战斗中牺牲。

028—077 烈士墓，因伤病牺牲于前彰和焉野战医院。

077—079 为空号

080—133 烈士墓，因伤病牺牲于马蒲滩野战医院。

134—222 烈士墓，在小善畔战斗中牺牲。

223—233 烈士墓，在反"扫荡"战斗中牺牲。

234 为空号（后来找到姓名为杨尚元烈士）。

235 烈士墓，抗日战争时期牺牲。

236—243 烈士墓，在田家会战斗中牺牲。

244 烈士墓，在官庄战斗中牺牲。

245 为空号（后来找到姓名为邹肖朗烈士）。

246—260 烈士墓，第三五八旅转移在兴县孙家庄附近两个山洞内的伤员，因日军封锁得不到给养，全部牺牲在山洞内。

261—265 烈士墓，因伤病牺牲于贺家圪台驻地。

266—272 烈士墓，在胡家沟战斗中牺牲。

273—281 烈士墓，在二十里铺至明通沟战斗中牺牲。

282—283 烈士墓，在碧村和平医院救治期间牺牲。

284—303 烈士墓，1940 年—1942 月，在兴县孙家庄村医疗救护所因伤因病牺牲。

304—305 烈士墓，在奥家坪战斗中牺牲。

306—309 烈士墓，在二十里铺战斗中牺牲。

310—313 烈士墓，在桑湾村等待过河救治时牺牲的病员。

314—315 烈士墓，在临县杨宇会战斗中牺牲。

02—06 烈士墓，由文水县凤城镇大城南村收迁。1948 年 4 月 8 日，西北野战军第三纵队第二旅第二十一团第三营九连奉命护送一名高级将领时，在文水县凤城镇大城南村遭阎锡山部第四十四师的围追堵截，该连顽强抗敌，7 名战士壮烈牺牲，第二天，这 7 名烈士被秘密安葬在大城南村。后来其中一名陕西籍烈士被家人迁回原籍，其余 6 名烈士一直未动。曾任解放军总参谋长的傅全有上将当时就是这个连的战士，根据傅全有总参谋长的指示，2013 年 3 月将这 6 位烈士收迁安葬于晋绥革命烈士陵园，其中 5 位为无名烈士。

单葬墓

有名烈士单葬墓 85 座

在收迁安葬的 595 位烈士中，有 85 位烈士有姓名、籍贯和部队番号。其中在奥家坪乡李家塔村收迁的 52 位烈士，每位烈士一个墓穴一通小石碑，石碑上留有姓名，籍贯大部分为河北省。本书将这 85 位烈士的信息记载于此，希望读者帮助他们寻找亲人。这 85 位烈士是：

张路，晋绥军区被服厂工人，山西应县人，牺牲时 21 岁。**王光文**，晋绥党校一部炊事员，甘肃省成县三区石泉梁人，1944 年 10 月牺牲，时年 32 岁。**鲁新月**，河北省高阳县水田

鲁新月烈士墓碑

定村人，1951年1月逝世。**高玉楷**，第二十六团政治指导员，1943年10月牺牲。**齐章**，晋绥军区警备营组织干事，1943年10月牺牲。**吴国华**，晋绥军区教导队指导员，1943年10月牺牲。**张有才**，第二十七团十一连战士，河北省涞水县悟空寺村人，1944年11月牺牲，时年20岁。**纪庆文**，第二十七团八连战士，河北省霸县桃家务村人，1944年11月牺牲，时年18岁。**王德良**，第二十七团八连战士，河北省固安县康家务村人，1944年11月牺牲，时年32岁。**赵洪彬**，第二十七团七连班长，河北省霸县杜岗村人，1944年11月牺牲，时年24岁。**刘润田**，第二十七团七连战士，河北省安次县刘家庄村人，1944年11月牺牲，时年23岁。**汤佑甫**，第一二〇师侦察参谋。抗日战争期间带着一部电台经常活动在黑茶山一带侦察敌情。1942年5月在田家会战斗中，有一股漏网之敌逃窜

有名烈士单葬墓

到黑茶山，在截击战斗中牺牲。**王宪瑞**，第二十七团七连战士，河北省安次县东村人，1944年11月牺牲，时年20岁。**乔振东**，第二十七团七连战士，河北省涿县马官屯村人，1944年11月牺牲，时年24岁。**王延弼**，第二十七团八连战士，河北省任丘县零池村人，1944年11月牺牲，时年30岁。**崔田**，第二十七团八连战士，河北省新城县辛立庄村人，1944年11月牺牲。**刘保昌**，第二十七团十一连战士，河北省永清县冰六村人，1944年11月牺牲，时年20岁。**马登水**，第二十七团二连战士，河北省蠡县扬马庄村人，1944年11月牺牲，时年22岁。**赵志仙**，第二十七团四连战士，河北省永清县上庄村人，1944年11月牺牲，时年22岁。**吴铁**，第二十七团十一连战士，河北省高阳县南麻村人，1944年11月牺牲，时年19岁。**李迎花**，第二十七团十一连战士，河北省蠡县北绪口村人，1944年11月牺牲。**陈仲起**，第二十七团九连战士，河北省涞水县虎各庄村人，1944年11月牺牲，时年28岁。**解申**，第二十七团二连战士，河北省安新县郝家庄村人，1944年11月牺牲，时年27岁。**侯双虎**，第二十七团七连战士，河北省容城县王家营村人，1944年11月牺牲，时年18岁。**郭新**，第二十七团九连战士，河北省永清县小朱庄村人，1944年11月牺牲，时年34岁。**邢俊生**，第二十七团十一连战士，河北省定县王西林村人，1944年10月牺牲，时年21岁。**张子清**，第二十七团九连班长，陕西省神府县中梁上人，1944年11月牺牲，时年20岁。**邓宝合**，第二十七团十一连通讯员，河北省任丘县赵各庄村人，1944年11月牺牲，时年23岁。**李子**

江，第二十七团十一连副班长，河北省遵化县平安城人，1944年11月牺牲，时年20岁。**许俊侠**，第二十七团团部看护班长，河北省固安县人，1944年11月牺牲。**孟贻仲**，第二十七团十一连战士，河南省郑州市三庄街人，1944年11月牺牲，时年23岁。**王国均**，第二十七团十一连战士，北京市房山县人，1944年11月牺牲，时年28岁。**李芳**，第一二〇师第三五八旅侦察参谋、第一二〇师第七一六团三连连长，云南省罗次县人。多次潜入敌占区侦察、锄奸，被誉为"神探"。1944年6月牺牲。**张守智**，晋绥军区司令部二科侦察参谋，河北省新乐县人，1944年5月牺牲。**高文波**，第二十七团七连副连长，河北省雄县高家村人，1944年11月牺牲，时年24岁。**赵德明**，第二十七团十连副连长，河北省安次县人，1944年11月牺牲，时年27岁。**刘殿英**，第十七团十一连副连长，辽宁金县石山村人，1944年10月牺牲，时年33岁。**宋光普**，晋绥军区司令部二科侦察股长，东北人，1944年5月牺牲。**李万银**，第二十七团十一连班长，北京市房山县南窑口人，1944年11月牺牲。**任双喜**，第二十七团十一连班长，河北省任丘县黄庄村人，1944年11月牺牲，时年20岁。**杨瑞田**，第二十七团十一连战士，河北省蠡县大杨庄村人，1944年11月牺牲，时年22岁。**孟领**，第二十七团十连战士，河北省任丘县人，1944年11月牺牲，时年22岁。**张殿增**，第二十七团十一连班长，河北省永清县张家庄子村人，1944年11月牺牲，时年25岁。**蔡福田**，第二十七团十连班长，河北省容城县西缘庄村人，1944年11月牺牲，时年20岁。**吴保祥**，第二十七团十连班长,北京市大兴县礼贤镇人,1944年11月牺牲,是年21岁。**晋天苍**,第二十七团十一连班长,北京市房山县小千裕村人,1944年11月牺牲,时年22岁。**刘长有**,第二十七团十一连司号员,河北省清苑县石桥村人,1944年11月牺牲,时年20岁。**黄树青**,第二十七团十一连战士,河北省永清县东水营村人,1944年11月牺牲,时年27岁。**陈仓**,第二十七团十一连班长,河北省安新县同口村人,1944年10月牺牲,时年28岁。**杨金发**,第二十七团十连班长,河北省安次县人,1944年11月牺牲,时年20岁。**李德春**,第二十七团十一连班长,河北省固安县马辛望而庄村人,1944年11月牺牲。**马玉珍**,女,四川省人,1933年参加革命,1934年随红四方面军长征,1946年来到兴县晋绥军区后勤部,1946

你们的名字就是我们的旗帜!

年8月牺牲。**肖保宝**，女，第一二〇师警卫团团长肖庆云之女，四川成都人，1948年病故，时年7岁。**李岁英**，抗日战争中牺牲。**张喜根**，第二十七团战士，河北省廊坊市安次区东沽港镇人，抗日战争中牺牲。**武文昌**，晋绥军区侦察连副班长，四川人，1944年11月牺牲。**李候小**，游击队战士，山西省兴县安沟村人，1942年牺牲。**杨尚元**，晋绥军区侦察连侦察员，河北人，1940年10月牺牲。**温国建**，第一二〇师运输队排长，山西省兴县蔡家崖村人，1948年在临汾战斗中牺牲。**龙海**，决死第4纵队教导营长，1940年6月牺牲。**胡俊源**，晋绥军区特务团六连连长，陕西省绥德县崔家湾镇胡家圪佬村人，1943年11月牺牲。**梁居明**，晋绥军区战士，山西祁县人，1943年4月牺牲。**张广泰**，晋绥军区战士，山西文水人，1943年4月牺牲。**胡忠武**，绥蒙剧社指导员，湖北武汉人，解放战争期间牺牲。**高应乐**，51148部队战士，山西省兴县高家崖村人，1975年牺牲，时年23岁。**李振江**，西南区第一工程局第二大队副大队长，山西省兴县李家梁村人，1952年11月牺牲，时年29岁。**黄岫**，女，广东梅县人，1941年加入中国共产党，1949年3月病故。**邹肖朗**，第一二〇师《战斗报》记者，病逝于兴县蔡家崖石岭则村。**马四**，晋绥游击四中队排长，山西省兴县交楼申乡大桥上坪上村榆树湾人，1944年11月牺牲。**白讨吃**，工卫旅第十七团四连战士，山西省兴县人，1944年牺牲。**刘付柱**，晋绥军区特务团战士，山西省兴县东会乡张家湾村人，1944年牺牲。**赵玉林**，晋绥军区特务团战士，山西文水县人，抗日战争中牺牲。**尹计兵**，川西公安大队

黄岫烈士墓碑

班长，山西省兴县魏家滩镇龙泉村人。1949 年参军，1950 年 1 月 20 日在川西剿匪战斗中牺牲。**高如星**，1929 年 11 月 17 日生，山西省兴县城关人。1944 年参加八路军，1947 年加入中国共产党。曾任晋绥军区战斗剧社学员，第一野战军战斗剧社音乐队副队长，西南军区战斗文工团音乐研究室组长，武汉军区胜利歌剧院创作员。曾为《柳堡的故事》《野火春风斗古城》等 20 余部电影作曲，创作的《九九艳阳天》《汾河流水哗啦啦》等歌曲深受广大群众喜爱。1957 年被授予上尉军衔，荣获三级解放勋章。1971 年 2 月 14 日逝世。**张国荣**，西北野战军第三纵队第二旅第二十一团第三营九连战士，河北人，

1948年4月8日在文水县凤城镇大城南村与阎锡山部作战时牺牲。**白海军**，1989年12月30日生，兴县东会乡王家坡村人，2008年12月入伍，工程兵第四十一旅工兵第二营造桥二连三排八班战士，2009年12月4日在某国防工程施工点进行施工作业时为保护战友光荣牺牲。**高玉仁**，1921年生，兴县圪垯上乡高山村人，1943年参军，第一二〇师特务团战士，1945年在交城战斗中牺牲。**高秀荣**，1918年生，兴县魏家滩镇高家崖村人。1942年参军，兴县游击大队一中队班长，1944年9月在安沟战斗中牺牲。**李老虎**，临县城庄镇南沟村人，游击队战士，1943年在兴县与日军作战牺牲。**贺景堂**，1918年生，兴县康宁镇花子村人。1943年参军，青年抗敌决死纵队副连长，1945年在离石战斗中牺牲。**曲之松**，湖南大庸县人，洪涛印刷厂采购员。1935年参加红军，任第二军团马兵，参加过长征，1942年病逝于兴县桑湾村。**罗希凤**，抗日战争时期牺牲于兰县杨家坡后方医院。**樊连长**，抗日战争时期牺牲于兴县水泉塔村。**指导员**，抗日战争时期牺牲于兴县高家村。**李指导员**，山西神池人，工人武装自卫旅指导员，1942年5月在田家会战斗中负伤后牺牲于兴县孔家沟村。

悼逝问生慰英灵
衷心不已访亲人

衷心不已访亲人
悼逝问生慰英灵

随着收迁安葬工作的深入推进，大家有一个强烈的愿望，就是要为有姓名籍贯的85位烈士寻找亲人。2012年清明前，《解放军报》《河北青年报》和兴县人武部、民政局组成联合寻亲组，先后寻访了河北省的保定、涿州、高阳、荣成、涞水和陕西省的绥德，山西省的兴县、临县等市县，行程数千公里，联系近百人，为43位烈士找到了亲人。他们是：

乔振东　高文波　陈　仓　吴　铁　侯双虎　陈仲起
张有才　解　申　崔　田　李迎花　杨瑞田　刘长有
黄树青　胡俊源　吴保祥　马登水　孟　领　邢俊生
王德良　郭　新　赵洪彬　肖保宝　张喜根　高如星
鲁新月　温国建　白讨吃　赵德明　邓宝合　许俊侠

尹计兵　李候小　李振江　李　芳　刘付柱　晋天仓
王国钧　高应乐　白海军　高玉仁　高秀荣　赵德明
李老虎

每一位亲属背后都有一个关于烈士的感人故事，他们或因思念成疾而终，或多年寻找不离不弃，但有一点是相同的，那就是坚信自己失去的亲人是英雄。听说亲人的遗骨在山西兴县找到的那一刻，每位烈士亲属都热泪盈眶。这里记述的是对15位烈士亲属的寻访录。

母亲思念儿子哭瞎了眼睛。乔振东，1920年出生，河北省涿县马官屯村人，1938年参加八路军，任第二十七团七连战士，1944年11月牺牲，时年24岁。

乔振东烈士的亲人是第一个找到的，他是乔振东烈士的侄儿，河北省涿州市福利不锈钢加工厂的负责人乔保仙。

"我的三叔乔振东终于'回家'了！"面对寻亲人员，58岁的乔保仙含着热泪诉说。

乔保仙告诉寻亲人员，他父亲兄弟4人，乔振东是老三，他父亲是老二，他是从长辈那里知道了三叔参军的经过。

1938年之前，乔振东的父亲就去"闯关东"了，只有母亲带着4个孩子艰难过日子。当时，日军的铁蹄践踏中华大地，为了抗击外侮，乔振东只跟母亲说了一声"我去当兵了"就走了，再也没回来。

乔保仙告诉寻亲人员："整个村子只有我三叔参军了，我也不知道奶奶当时怎么舍得让我叔叔走。""1938年，叔叔去参军的时候,爷爷没在家,连面都没见到,叔叔参军后曾经托人捎回来两封信,但后来就没有消息了。奶奶因为想儿子,眼睛都哭瞎了。爸爸对我叔叔的感情也很深,每年春节时,全家十几口人聚在一起,总会为叔叔留个座位。多年来,我们一直等着叔叔回家。"

乔保仙10岁那年,爷爷、奶奶先后离世了。到了24岁那年春节,父亲再次提起乔振东,并托付乔保仙:"你长大了,得找找你叔叔。"

自那之后,乔保仙的心里有了一份特殊的惦记。乔保仙说,当时家里没有乔振东的任何消息,甚至连三叔在哪个省份都不知道。他四处查阅抗战时期的资料,每走到一个地方都要先去那里的烈士陵园打听叔叔的消息,先后去过天津、北京的很多地方,山西去了十几次,河北的烈士陵园都跑遍了,但没有一点收获。这一找就是30多年,"无论叔叔是生是死,我都得把他找回来,让他回家。"

由乔保仙引路,寻亲人员还见到了乔振东烈士的表嫂方桂珍和他儿时的玩伴李功、杨宽3位老人。

半个多世纪了,87岁的李功老人仍然清晰地记得:"乔振东瘦瘦的,个子不高,可胆子比村里同龄孩子都大。"86岁的杨宽老人回忆说:"小的时候我们经常在一起玩,乔振东是我们村里第一个也是唯一一个当上八路军的,我们以他为荣!"

"我的亲人找到了,但还有那么多烈士孤寂地长眠地下,或许他们的亲属年岁已高,或许他们很多都不在了,但我想他们想念亲人的心情跟我是一样的。"乔保仙说，他要帮更多的晋绥烈士寻找到亲人，不为别的，只想让烈士的墓前不再因无人祭奠而冷冷清清，只想让烈士的亲人不再因找不到烈士的遗骨而抱憾终生。

妻子找不到丈夫跳了海河。黄树青，1917年出生，河北省永清县东水营村人，1938年参加八路军，任第二十七团十一连战士，1944年11月牺牲，时年27岁。

寻亲人员见到黄树青烈士的孙子后，听到了一段令人心酸的故事。

黄树青参军时已结婚生子。1943年秋，黄树青随第二十七团从冀中来到晋西北。

部队离开冀中时，黄树青来不及和妻儿告别，匆匆走了。1944年11月，日军对兴县进行大规模"扫荡"，第二十七团当时守卫兴县东部地区，在沟门前夜袭战中，黄树青英勇牺牲。而妻子在家乡苦盼苦等，孤儿寡母生活异常艰辛。一天，妻子打听到丈夫的部队在天津一带打仗，便带着幼子踏上了寻夫路。到了天津没有找到丈夫的部队，几个月下来，身上的盘缠早已花光，母子俩走投无路。一天晚上，她带着孩子走到海河边，实在走不动了，又没有丈夫的一点音讯，绝望至极，抱着儿子纵身跳了下去。

不知过了多久，等她苏醒过来时，一位年轻人在她身边守着，儿子在旁边睡着。年轻人是山东人，那天晚上正好路过河边，救起了母子俩。从此，母子俩跟着年轻人到了山东。解放后，儿子也长大了，一家人回到河北老家。当时他们想，全国解放了，黄树青也该回家了。妻子怕丈夫回来后找不到她们娘俩，便回到村里四处打听，苦苦等候，这一等，直到妻子逝世，也没有等到丈夫黄树青回来。

寻亲人员告诉黄树青的孙子，他爷爷在1944年就牺牲了，现安葬在山西兴县的晋绥革命烈士陵园。2013年清明节，黄树青的孙子来到晋绥革命烈士陵园，在他爷爷墓前长跪不起，替故去的奶奶和年迈的父母，洒下了一杯苦涩的相思酒。

弟弟骑车千里祭奠二哥。李迎花，河北省高阳县许口村人。1938年参加八路军，任第二十七团十一连战士，1944年11月牺牲。

资料记载，李迎花烈士的家乡在河北省高阳县许口村，但找到李迎花烈士的弟弟李春和是在蠡县的绪口村。原来绪口村属蠡县。

虽然时过境迁，但李迎花在李春和的心中仍占据着重要位置。72岁的李春和说，他们兄弟五个，他排行最末。家里条件不好，李春和一辈子没娶上媳妇，父母都已经过世，还有两个在世的哥哥在外地生活，村里只剩下他自己。

家里没什么值钱的东西。李春和爱读书，把西屋改成书房，可他最常去的，还是二层加盖的一间小屋。这间不到10平方米的小屋只容得下一张床、一张桌和挂在墙上的"革命烈士证明书"，他总是躺在小屋的床上，回忆往事。

"我们村1938年就有党支部了，大哥还是支部书记，二哥

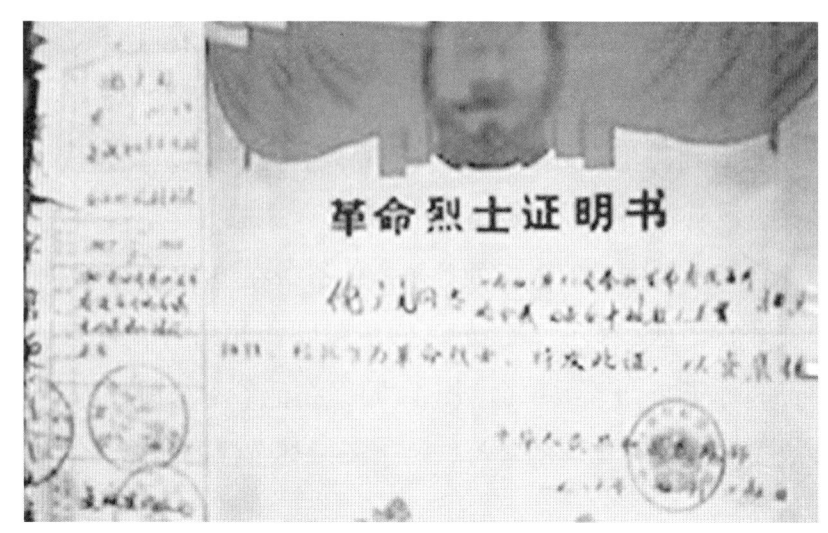
李迎花烈士的"革命烈士证明书"

也想着参加革命。"李春和说,二哥李迎花懂事听话,母亲吴顺义最疼他,但不管李迎花平时多听话,在参军这件事儿上"谁也拦不住"。

一别六年,吴顺义再没得到过二儿子的消息,直到1944年有人送来"阵亡通知书",说李迎花在山西兴县牺牲。"俺娘说啥也不信,她说二哥那么懂事,肯定不会死。"吴顺义总想见二儿子一面,烧香算卦,寻求安慰。"年年发小米,只有烈士的家属才有,俺娘这才不去烧香了。"

1995年,95岁的吴顺义病重不起,把李春和叫到身边说:"等办完我的后事,有空了去你二哥坟上看看。"不久,吴顺义带着对儿子的挂念,离开人世。

这年冬天,57岁的李春和做了一口袋贴饼子,揣着250元钱,带了一张地图,骑着自行车奔向石家庄,又绕行太原,往兴县进发。700多公里的路,沿途很多路段都有积雪。李春和白天骑行，夜宿小店，一点也不觉得辛苦。"一路上我就在想，这是不是二哥当年去打鬼子的路线？"一路上，李春和还得到了不少帮助，"有时候去吃饭，一说我是去祭奠烈士的，饭钱都不要了。"

走了十三天，李春和终于到了兴县。在当地民政局的帮助下，他找到了二哥的墓。"那个地方叫李家塔，山区，墓地有好多松树、柏树，像一个个士兵一样。"置身此地，李春和尽力去想象当年硝烟弥漫的情形，在寒风中老泪纵横。"陪同的人告诉我，当年二哥他们掩护大部队，准备撤退的时候被鬼子堵住了，一个也没活下来。"

李春和没有见过二哥李迎花，但心里总觉得他是至亲，更是家族的骄傲。回家以后，他把家里的房子取名为"晋冀楼"，这样会让他觉得二哥回家了。

终于知道大伯不是土匪。陈仓，1916年出生，河北省安新县同口村人，八路军第二十七团十一连班长，1944年10月牺牲，时年28岁。

让人心痛的是，有的烈士可能牺牲多年后仍被他人甚至自己的亲人所误解。在保定市安新县同口村，陈仓烈士的遭遇让寻亲人员不禁有些心酸。

"大伯的事，是我家的一个禁忌。家里从来没有一个人愿意主动提起他……"这是陈仓烈士的侄子陈玉峰见到寻亲人员时说的第一句话。

陈玉峰说，我爷爷当时是村里的保长，是个斯文人，他一心想让大伯陈仓走仕途之路，可陈仓却总喜欢舞刀弄枪，打抱不平，也因此闯了不少祸。父子之间的矛盾冲突不断升级，个性独立的陈仓，一拍屁股离家出走了。

后来村里人都说："陈仓跑到山上当土匪，死在外面了。"流言可畏。爷爷、奶奶，全家人也都信以为真，家里居然养出了一个土匪！陈仓在陈家渐渐被人们淡忘，没有人愿意再去揭开这层伤疤……

陈玉峰后来慢慢从父亲那里了解了一些大伯的信息。"我爸爸说他也没见过我大伯，我奶奶是在临终前才告诉我爸爸，说他还有一个哥哥叫陈仓，去当兵了。"陈玉峰回忆说，当时我爸爸也曾问过奶奶"大哥去哪儿当兵了？""跟着谁走了？"可奶奶对此始终不愿多提，最后淡淡地说了句"去找找吧"，便撒手人寰。

陈玉峰得知，大伯陈仓之所以被人们认为去"当了土匪"，跟奶奶有些关系。当时奶奶是不同意大伯去当兵的，但大伯还是不听话地走了，奶奶为此非常生气，才说出"陈仓去当土匪了"，可能当时奶奶也没有认识到当土匪和当兵的区别。

由于大伯是"土匪"，陈玉峰从小就被村里的孩子们瞧不起，经常受欺负。"文化大革命"的时候，陈仓烈士的父亲还因此挨了批斗，给这个家带来了无尽的伤害。

陈玉峰说，他家里没证明陈仓身份的东西，更不知道这些年他去了哪儿，是生是死，奶奶在世时也没有享受过烈士家属的待遇。

听着陈玉峰的诉说，寻亲人员内心充满了伤痛。在救亡图存的年代里，无数青年抛家舍业，在人生最宝贵的青春年华里走上了残酷的战场，用鲜血和生命换来了国人的尊严，换来民族的独立和国家的解放，他们都是顶天立地的好男儿，铁骨铮铮的好汉子。可他们不仅没有闪光的勋章，身后甚至还被家人误解，这是何其残酷，何其令人痛心疾首！

寻亲人员眼含热泪告诉陈玉峰，"陈大哥，您的大伯陈仓不是土匪，他是八路军烈士，山西兴县找到了他的遗骨，还专门在晋绥革命烈士陵园为他立了墓碑，他是人民的英雄。"

听了寻亲人员的话，陈玉峰简直不相信自己的耳朵，他竟像个孩子一样呜呜地哭了起来。"几十年了，我终于知道我大伯是烈士不是土匪了，我大伯终于有归宿了！"哭完，陈玉峰朝着天空竖起大拇指大喊："大伯，好样的！"似乎在告诉九泉之下的爷爷、奶奶和父亲，你们可以瞑目了，你们的亲人没给咱家丢脸，他是全家的骄傲。

离开时，陈玉峰紧紧握住寻亲人员的手说："可能外人看来，事情过去那么多年，大伯是烈士是土匪都不重要了，可我老觉得，我应该弄清大伯的身份，不图别的，至少不要冤枉他。"陈玉峰说，他终于确定大伯是烈士，多年的心结打开了，"谢谢你们为我大伯洗刷了几十年来的冤屈，还了我们家一个清白。"

"叔叔的抚恤金给我交了学费。" 崔田，河北省新城县辛立庄镇人，八路军第二十七团八连战士，1944年11月牺牲。

寻亲人员在辛立庄镇民政所工作人员的帮助下，通过一位老医生找到了崔田烈士的侄女崔素花。

提起崔田烈士,崔素花的泪水夺眶而出。她说,她的父亲崔荣和叔叔崔田都去当兵了,她从小跟着妈妈和奶奶相依为命。在她九岁的时候,一群小学生将一幅戴着大红花的烈士光荣匾敲锣打鼓地抬到了家,给她家扫院子,还送了一张崔田的烈士证。

自那时起,奶奶每季度领取十几元抚恤金支撑她们娘儿仨的生活。后来,崔素花的妈妈意外去世,只剩下她和奶奶。

"我每次和奶奶去领钱时,奶奶都会哭。我奶奶说,这是我叔叔用生命换来的生活费,要我拿着它交学费,还要我好好学习。"崔素花说。

崔素花长大后,带着奶奶嫁了人。她时常看见奶奶偷偷抹眼泪,"每次问她怎么了,她都不说,但是我知道她是想儿子了。"后来,奶奶得了老年痴呆症,但每次崔素花提起叔叔,老人都会咧嘴一笑。崔素花一直赡养了奶奶10年,直到她去世。

"我是花着叔叔崔田的烈士抚恤金长大的。"崔素花说,叔叔没有后代,她一直把自己当成他的女儿,逢年过节都在家里祭奠。

"我一直不知道叔叔埋在哪儿,这也是我奶奶毕生最大的遗憾。"崔素花含泪说,"再过清明节,我要去给叔叔扫墓,告诉他我们家还有后人。"

走了好几小时去看大哥。解申,1917年出生,河北省安新县郝家庄村人,八路军第二十七团二连战士,1944年11月

8日牺牲，时年27岁。

寻亲人员在当地民政所工作人员的协助下来到郝家庄村，找到了解申烈士的四弟解银增和六弟解增文。

84岁的解银增年事已高，每次提起大哥解申都老泪纵横。78岁的解增文，除了眼睛有点花，身体很好。由于与大哥解申相差17岁，解增文对于大哥的记忆并不多。

"我大哥是大高个子，干活特别利落，他是老大，每次干完活挣了钱都要贴补家用。"解增文说，他们兄弟共7个，现在只有他和老四在世了。

据解增文回忆，大哥解申是自愿报名参军的，具体年份记不清了，当时县里来人领兵时他扛起枪就走了。

"后来有一次，我奶奶带着我走了好几个小时，去高阳县于堤村兵营看我大哥，那是我们最后一次见面。"解增文流着泪回忆说。新中国成立后后，有人给家里送来了信，说解申已经阵亡，其他的事不记得了。

时隔70多年，两位老人回忆起大哥解申来还是很激动。解增文老人得知大哥解申安葬在晋绥革命烈士陵园后很欣慰，说真想亲自去扫扫墓。

"这张光荣牺牲证我要辈辈传下去"。高文波，1920年出生，河北省雄县高家村人，1937年参加八路军，任第二十七团七连副连长，1944年11月牺牲，时年24岁。

在河北省雄县高家村，寻亲人员没有找到高文波烈士的血亲。他的父母和哥哥高文志早已过世，也没有留下子孙后代。

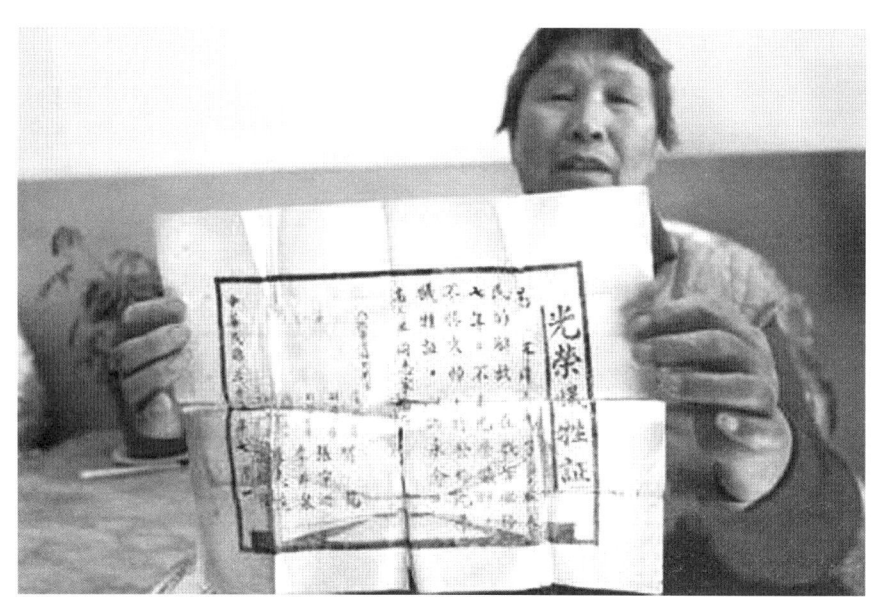

高文波烈士的"光荣牺牲证"

经过多方打听，寻亲人员来到了高文波烈士的侄媳谢素芹家中。

谢素芹今年62岁，提起高文波，老人的眼角有些湿润。她说，高文波是他公公高文志的弟弟，是他老伴高同义的叔叔。"我和我老伴都没见过叔叔。"谢素芹说。她除了知道叔叔是烈士之外，对高文波了解并不多。

谢素芹老人给寻亲人员介绍了高文波烈士的两位侄女，70多岁的高淑阁和高淑杰。两位老人身体不好又远在北京，寻亲人员未能与她们见面。在电话里，76岁的高淑杰提起叔叔高文波时声音颤抖："我也没见过他，但听奶奶说过，说他长得高高的个子，小眼睛，小名就叫'小眼'"。说着高淑杰哭了："听说我奶奶就是因为想念我叔叔，着急生了病，去世时才50多岁。"

谢素芹老人从柜子里找出一个层层叠叠包裹着的布包，慢慢打开后露出了一张已经完全泛黄褪色的纸张，上面蓝色的字迹已经有些模糊，但还能认清上面写的内容，"高文波"三个大字赫然在目。

谢素芹老人不认字，高家村的支书何同功帮她念道："光荣牺牲证：高文波同志为了争取人民的解放，在我军服务七年，不幸光荣牺牲，不胜哀悼。特发给光荣牺牲证，以致永念。高文波同志家属存。"

后面的落款是：八路军晋绥野战军司令员贺龙、副司令员张宗逊、副政治委员李井泉、政治部主任孙志远、副主任冼恒汉。

这张证书的发放日期是中华民国三十五年七月一日，即1946年。也就是说，这张贺龙签名的光荣牺牲证手手相传，在高家已经珍藏了70多年。

谢素芹老人清晰地记得，自己嫁到高家后，她公公一辈子最大的痛苦就是二弟当兵后再也没有回来。直到有一天部队来人把这张光荣牺牲证交到他手里，告诉他："我们的副连长，就是您的弟弟高文波牺牲了。""公公盼了这么多年，没想到等到的不是弟弟平安回来，而是一张沉甸甸的牺牲证书。"谢素芹老人诉说着往事，浑浊的泪水不禁流满了脸庞，就像多年前公公给她讲述时一样，那是他们祖祖辈辈永远会讲下去的故事……

"这张光荣牺牲证由我公公传给了我丈夫，我丈夫去世后就由我来保管。将来我的子孙也要这样一辈辈传下去。这是我们的亲人用生命换来的，是全家的荣耀。"老人的语气里充满了自豪。

"**我们家是烈属，我们光荣。**"吴铁，河北省高阳县南麻村人，八路军第二十七团十一连战士，1944年11月牺牲。

在河北省高阳县南马村，寻亲人员在查询烈士吴铁的家人时，找到了一个情况相似，但叫吴刚的烈士亲属。这是怎么回事呢？

抱着对历史负责，对英烈负责，对烈士亲属负责的态度，寻亲人员对存在的疑点逐一核对，多方求证。

据了解，高阳县并没有南麻村这个村名，只有一个南马村。寻亲人员赶到村里，见到了登记为吴刚烈士的弟弟、77岁的吴锤。他告诉我们，"我家兄弟4个，大哥吴铁、二哥才叫吴刚、三哥吴铜、我叫吴锤。我的大哥吴铁是参军打鬼子牺牲的。""这么些年，只听人们说我哥是在山西和陕西交界的地方牺牲的，可一直没去找过，每年清明节全家人只能在朝西他牺牲的方向为他烧点纸钱……"谈起这段往事，老人不禁老泪纵横。

老人拿出一本珍藏多年、包裹了好几层、已经泛黄的小本本，自豪地说："这是1980年1月14日高阳县革命委员会民政局，为我母亲刘坤颁发的革命烈士家属优待证，我们家是烈属，我们光荣……"

听了老人诉说，再比对我们掌握的信息，没错！他就是我们要找的吴铁烈士的亲人。寻亲人员紧紧握住老人的手说，"吴大爷，告诉您个好消息，您哥哥吴铁烈士的遗骨在山西兴县找到了,晋绥革命烈士陵园还专门为他立了石碑。

光着脚板去参军。陈仲起,1916 年出生,河北省涞水县虎各庄人,1933 年参加八路军,任第二十七团九连战士,1944 年 11 月 9 日牺牲,时年 28 岁。

在河北省涞水县虎各庄村,寻亲人员在热心村民的带领下,来到村西北几间低矮的土坯房前。村民说,这就是陈仲起烈士的故居。

敲门后,一位满头白发、眼皮浮肿的老妇人开门把大家迎进屋,她是陈仲起烈士的弟媳常永荣。

屋里又暗又小,四面是土墙,一位白发老人躺在炕上,看到常永荣进屋后格外兴奋,紧紧抓着她的手"依依呀呀"说了一些大家都听不懂的话。82 岁的常永荣无奈地说,他就是陈仲起的弟弟陈仲杰,是自己的老伴儿,耳聋眼瞎,因脑膜炎瘫痪在床十几年了,很多事都记不起来了。每次看到老伴儿,常永荣说她都会联想起自己的婆婆,"我婆婆当年得了半身不遂,卧病在床十一年,也是我照顾她的,她走的时候 84 岁。"

常永荣回忆,陈仲起牺牲后,村里有人把他的"光荣牺牲证"送到家里,挂在土墙上,还有一些小学生来家里"拥军优属",帮助打扫卫生。有一年夏天,房子漏雨,把大哥的"光荣牺牲证"给冲毁了。常永荣心疼地说:"最让家人遗憾的是,不知道大哥的遗骨埋在哪儿。"

"我听仲杰说过,大哥当兵走的时候家里很穷,连双鞋都没有,是光着脚板走的,临走时没有衣服,他随手抓了一件我公公的衣服就走了。"常永荣说,大哥陈仲起活得真不容易,还没过上好日子就走了。

每年清明节,常永荣的3个儿子都会糊几个"烧纸包袱",写上陈仲起的名字来祭奠。时隔几十年,终于知道了大哥的具体安葬位置,常永荣说,她要让孩子们给大哥扫墓去。

寻亲人员向老人了解烈士亲属情况

兄弟俩同时当八路。张有才,1924年出生,河北省涞水县平宋各庄乡悟空寺村人,八路军第二十七团十一连战士,1944年11月牺牲,时年20岁。

寻亲人员来到悟空寺村寻找张有才烈士的亲人。询问村民得知,该村张姓人家只有张有才和张文远两家。83岁的张文远老人听说张有才这个名字后,眼睛立即湿润了,"我认识,那是我们村的俊小伙儿。"张文远说,他比张有才小5岁,当时经常和张有才在一起玩。

"那一年，有才和他大哥有旺是同时去参加八路军的。一天内走了两个儿子，家里老人虽然心里不舍得但也没拦住。有才是个特别懂事儿的孩子，在他参军走之前，每天背着一个大背篓去拾柴，家务活儿干得可利索了。"张文远回忆说，张有才的大哥张有旺因为抗日负重伤从战场回来，到了家没两天就病死了。张有才回家探过一次亲，不想那成了他们最后一次见面，之后再也没有他的消息。

在张文远的帮助下，寻亲人员来到北京房山区张坊村卫生室找到了张有才的侄女张爱军。寻亲人员说明来意后，42 岁的张爱军立即泪流满面："张有才是我的二伯伯，我托人打听过他，但是我连他在哪个省份都不知道。这么多年了，我以为再也找不到他了。"

张爱军说，张有才兄弟 4 个：有旺、有才、有文、有全。她是老四张有全的孩子，可除了父亲张有全以外，她没有见过其他的三个伯伯。"我二伯一直以来都是我的心结，可我连他是生是死都不知道。"张爱军说，这些年来，她总觉得自己还有个亲人没回家，一直惦记着。现在得知二伯已被安葬到晋绥革命烈士陵园，她心里的石头也落了地。张爱军说，过清明节时要去晋绥革命烈士陵园告慰二伯的英灵。

"家里别指望我了，我去参军打日本人了。"刘长有，1924 年出生，河北省清苑县北石桥村人，1942 年参加八路军，任第二十七团十一连司号员，1944 年 11 月牺牲，时年 20 岁。

寻亲人员来到保定市清苑县北石桥村时，村支书王满常说："北石桥村没有叫刘长有的人，只有叫刘三喜的，也当过兵，但一直没回来。刘三喜的两个哥哥在他当兵之前就去世了。"

王满常带着寻亲人员来到一位叫王文禄的老人家。巧的是，88岁的王文禄老人不仅认识刘三喜，还与他同岁，更巧的是，当年两家还是斜对门的邻居。"当时我俩感情挺好的，经常一起出去拾柴火，他这人挺老实的。"王文禄回忆说，他在14岁就离开村里去亲戚家住了，当时刘三喜还没有去当兵。"后来我也去当兵了，新中国成立以后回来，才听说刘三喜也去当兵了，一直没回来。"

为了弄清刘三喜是否改过名字，是否参加了八路军，王满常又找来了村里一位老人刘国梁。

刘国梁老人说自己比刘三喜小9岁。"要说三喜改名字也不是不可能。"刘国梁说，刘三喜有两个哥哥，其中一个在种田时被日本人的机枪打死，另外一个因病英年早逝，"刘长有这个名字代表长久，也许正是刘三喜的愿望呢！"

可是，谁能证明刘长有改过名字呢？突然，刘国梁又想到，刘三喜还有个妹妹嫁到了赵庄村，"但不知道她还在不在世"。

寻亲人员很快联系了赵庄村委会，得知刘三喜的妹妹叫刘洛姑，还健在。刘洛姑82岁，和儿孙一起生活。提起刘三喜，刘洛姑立即泪流满面："他是我三哥，小时候特别爱干活儿，大概18岁那年就去当兵了。临走时只留下一句话，'别指望我了，我去参军打日本人了'"。刘洛姑说，刘三喜是哥哥的小名，哥哥后来是否改了名字她就不清楚了。

"当时，很多战士参军后出于种种考虑改了名字，如果刘三喜的家庭住址、年龄以及参军经历都与刘长有吻合的话，刘三喜很可能就是刘长有。"清苑县民政局的同志说。

刘三喜的妹妹刘洛姑及家人也认为，刘三喜很可能就是刘长有。寻亲人员在寻访过程中，刘洛姑一直在流泪。"我奶奶一直挂念着他哥哥刘三喜，每次看到战争电影时她就会想起哥哥，老是哭，后来都得白内障了。"老人的孙子赵大围说，他去过县民政局查过舅爷爷的资料，可只有刘长有的，上面只记载他牺牲在山西。山西那么大，实在无从下手，他还找过媒体，可一直没有消息。赵大围说，奶奶刘洛姑老觉得，刘三喜可能没死，还在哪儿活着呢，所以一直想找到他。"如果死了，起码得让我知道他埋在哪吧，我得去给他上坟呢！"刘洛姑流着泪说。赵大围表示，清明节要带着奶奶去晋绥革命烈士陵园祭奠。

"只有解放全中国，咱们的心里才能亮堂。" 侯双虎，1926年出生，河北省容城县王家营村人，1941年参加八路军，任第二十七团七连战士，1944年11月7日牺牲，时年18岁。

寻亲人员是在河北省容城县人民医院的病床上，见到侯双虎烈士的弟弟侯虎林。78岁的侯虎林老人患有气管炎，正在病房输着氧气，两个儿子在旁陪伴。当寻亲人员说他的大哥侯双虎的遗骨被迁进晋绥革命烈士陵园时，侯虎林老人愣了一下，低下头没有说话，随即又抬起头，泪流满面："唉，一晃70年了，我真想去看看他！"烈士的形象在老人的讲述中跨越漫长的时间,渐渐清晰起来。

侯虎林回忆说:我大哥参军的事,还要从我父亲侯树炳说起。我父亲当时是村里的第一批共产党员,老是给我们讲毛主席的故事,我觉得大哥是深受我父亲的影响。

当时,我母亲因病双目失明了,我哥哥自己提出要去当兵打日本,我母亲不同意,可他说"只有解放全中国,咱们心里才能亮堂"。那句话至今我都记得。

他在家时,每次背着一个大背篓去拾柴火,我都跟在后面,他每走几步就回头看我,如果我贪玩没跟上,他就瞪起两只豹子眼,露出两颗虎牙假装冲我生气。他可是村里有名的俊小伙!

战乱时,家里人都明白参军是九死一生。母亲担心我哥在战场上负伤,经常偷偷地哭,她也很害怕会见不到哥哥,还时常问父亲,哥哥当兵了是不是就有军装穿了。

1941年秋天,哥哥当兵两个月后突然回家了。他果真穿着军装回来了,是灰色的,腰上束着黑色皮带,看起来别提有多精神了! 哥哥能回来是因为部队路过村子给了他两个小时的探亲假。他回家后就一直兴奋地跟父母说战斗时的情景。我在一旁插不上话,急得直拽他的衣角,直到最后,我也没跟他说上话。俩钟头后他就走了,不想成了我俩的最后一面。

好像是1947年的一天,我妈从外边哭着回来了。她从邻村一个"卖葱的"那儿听说了哥哥阵亡的消息。其实,哥哥1944年就牺牲了,我爸早就收到了部队的来信,知道了这个消息,可他担心我妈接受不了就没有说,自己默默扛了两三年。

我后来知道,那个"卖葱的"曾经和哥哥是战友。他说,在一次战斗中,我哥的战友被敌人的机枪扫射牺牲了,他是为了抢回战友的遗体才牺牲的。

侯虎林说,之前他一直不清楚哥哥埋在山西的具体位置,现在他知道了,却也走不动了。老人的儿子侯克军说,他从小就听爸爸给他讲大伯的故事,"我爸爸身体不好,但我要到大伯的墓地去看看他,替我爸爸圆了这个心愿。"

杨瑞田烈士的哥哥杨新田的"革命残疾军人抚恤证"

"没有他们,我能活到八十几吗?" 杨瑞田,1923年出生,河北省蠡县大杨庄村人,1940年参加八路军,任第二十七团十一连战士,1944年11月牺牲,时年21岁。

在河北省蠡县桑园乡大杨庄村一处院落,杨瑞田烈士的侄儿、59岁的杨根在家里接待了寻亲人员。

杨根告诉寻亲人员，杨瑞田有三个哥哥，杨新田、杨兆平和杨兆亭。"他三个哥哥都生了孩子，唯有杨瑞田十几岁去当了兵，死在战场，没有留下后代。

"不光是我四叔，我父亲杨新田和我三叔杨兆亭，也都是军人。"杨根说。1937年卢沟桥事变后，战火迫近大杨庄村，村民们都很慌张，这时贺龙和吕正操带着部队来了。"一听说是贺龙的队伍，大家都要去参军。"杨根听父亲说，"农民们也不识几个字，大道理不懂，但鬼子打到家门口了，都知道该怎么办。"

杨新田、杨兆亭、杨瑞田兄弟三人，在不同的时间分别上了战场。"我父亲在战斗中受了伤，直到死，腿里边还留着一颗子弹。"杨根说。

说起父辈，杨根眼中泛光，三兄弟铮铮铁骨，"那都是硬汉"。杨新田和杨兆亭是幸运的，从战场归来，让家里人感到光荣。只有杨瑞田，让家人日思夜想，等来的却是牺牲的消息。杨根的爷爷听人说，杨瑞田死在了山西的战场上，他17岁参军，21岁牺牲，在战场上度过了生命的最后四年。父亲在世时，杨根总是听说四叔的事。"话不多，不是急性子，但是有主见。"杨根说，"可我到现在也不知道四叔长个啥样。"

时间过去了70年了，在大杨庄村中，与杨瑞田同辈的人，在世的已经所剩无几，86岁的杨风合是其中之一。听说有人来打听杨瑞田的事，杨风合猛地抬起头："他没回来过，没回来就死了！他小名叫小童，长脸尖下巴，个子不高。我们经常在一起玩！"杨风合说他比杨瑞田小几岁，因为贫困和战乱，他们都没有上过学。杨风合说，杨瑞田比自己成熟得多，他说日本鬼子来了，不当兵，日本鬼子也得杀了你，于是追随两位哥哥，扛起枪上了战场。两位少年临别时没有更多的话语。杨风合用了几十年体味当时的感受，"那一次村里去了十几个，一个也没回来。"杨风合低下头说，"没有他们，我能活到八十几吗……"

几十年中，杨家的老人们相继过世。杨根说，父亲杨新田最后的那几年，总是念叨四叔的事儿，"心里放不下，总说让去找找，把四叔接回家。"

杨根打听了，却只知道四叔死在山西，没有具体的地点，他也不知道该去哪儿找。寻亲人员告诉他，杨瑞田烈士和他的战友们一样，安葬在了晋绥革命烈士陵园。

杨根说，1981 年，祖上留下的土坯房已经难挨岁月的侵蚀，兄弟三人决定凑钱翻盖新房。老院子的西屋，四叔杨瑞田曾经居住过。拆到这里时，兄弟几人停了手，"反正这边也不盖房了，就留下一段墙吧"。

这是对四叔的纪念。在高高的砖墙下边，是一截破败的土坯墙，外人看着多余，杨根却总是嘱咐儿子，"以后我没了，这墙也不能动。"

奔波黄河两岸寻亲人。胡俊源，晋绥军区特务团第二营六连连长，陕西省绥德县崔家湾镇胡家圪佬村人，1943 年 11 月牺牲。

2015 年 6 月的一天，寻亲人员根据掌握的一些零碎线索，来到陕西省绥德县胡家村。胡俊源离开绥德县已经 70 多年了，在胡家村访问的对象都是 80 岁以上的老年人，但在胡家村接近一个上午的了解，没有人知道胡俊源这个名字，这里的线索完全断了。

接下来，寻亲人员通过手机地图搜索了绥德县境内所有带"胡"字的村庄，同时也向胡家村的村民询问了哪里还有胡姓聚居地。寻亲人员决定根据这些线索继续寻找下去。午饭以后，寻亲人员来到绥德县城附近的田庄镇侯家沟。

侯家沟村的村民几乎都姓胡，"俊"字辈的名字也不少，更重要的是，抗战时期也有人当兵一直没回来，这让寻亲人员感觉到了一线希望。村长王金成知道村里有位烈士是在山西打仗时牺牲的，走之前他已结婚，但是名字叫胡立明，与胡俊源差距很大。那么，胡立明有没有可能参军之后改了名字呢？带

寻亲人员终于找到了胡俊源烈士的儿子胡凤忠（右一）

着疑虑，寻亲人员把联系电话留给了村长，决定到其他地方继续寻找。

绥德县的东南方向还有一个胡家砭村。在胡家砭村口，寻亲人员遇到一位91岁的大爷。大爷告诉寻亲人员，胡家砭村没有当兵出去没有回来的。老人说，胡家砭村附近还有一个小村叫胡家圪佬。到胡家圪佬有十几里的山路，此时太阳已近落山，寻亲人员给受访者留下了联系电话，告别了陕北黄土高原的最后一抹余晖。

踏破铁鞋无觅处，得来全不费工夫。一周之后，寻亲人员居然接到一个电话，说是胡家圪佬村就是胡俊源的家乡，其子胡凤忠就住在村里。

在电话里，胡凤忠告诉寻亲人员，他的父亲叫胡俊业，不叫胡俊源。当兵走时有个小名叫胡俊青，去部队以后起名叫胡俊业。

同年8月的一天，寻亲人员二次入陕。在绥德县民政局同志陪同下，一起去胡家圪佬村确认胡俊源的后人。到达胡家圪佬村以后，寻亲人员走访了85岁的村民王友堂，从侧面印证胡俊源儿子胡凤忠所提供的信息。王友堂老人说："小名叫胡俊青，人家说这个后生实心、实干，出去当了兵，当了特务连连长。"王友堂老人回忆说，和胡俊源一起当兵的老乡张义清退伍回来，曾经讲过胡俊源牺牲之后的情形，说胡俊青当特务连连长，在山西牺牲了，埋在一个背梁上了。

小名胡俊青，特务连连长，牺牲在山西，被埋在一个背梁，这些信息都准确地表明，胡俊业、胡俊青，就是牺牲在山西的胡俊源。

寻亲人员告诉胡俊源的儿子胡凤忠，胡俊源就是他父亲，现安葬在山西兴县的晋绥革命烈士陵园。

八月，黄土高原上到处盛开着洁白的山药花，当年留下一句"好吃不过山药蛋"的英雄连长胡俊源，终于魂归故里，可以美美地吃一顿家乡香喷喷的山药蛋了。

苍天有眼。吴保祥，1923年出生，回族，北京市大兴县礼贤镇人。1938年参加八路军河北回民支队，后转隶八路军晋绥军区第二十七团，任十连班长，1944年11月牺牲，时年21岁。

2017年清明节，家住北京市房山区张坊镇的张有才烈士侄女张爱军与爱人王金海，专程来兴县祭奠伯父张有才烈士。受兴县民政局与晋绥革命烈士陵园管理处的委托，张爱军夫妇答应返京后帮助寻找北京籍的4位烈士亲属。这对热心的夫妇动用了好多社会关系，还求助了当地民政部门，用了短短的十多天就找到了吴保祥烈士的亲属。

当吴国华、吴国民兄弟俩得知伯父吴保祥就在山西兴县安葬时，简直不敢相信自己的耳朵。得到肯定的答复后，顿时泪如泉涌……整整73年了，整个家族想了很多办法，该找的线索都找遍了，该去的地方都去过了，但没有伯父吴保祥的任何音讯。这些年，随着时间日渐久远，一家人也不敢再抱有任何奢望了。但苍天有眼，让他们在阴阳相隔73年后得以相知。

烈士塔下祭忠魂
亲人纷聚凤凰岭

亲人纷聚凤凰岭
烈士塔下祭忠魂

2012年清明节，吕梁军分区、中共兴县县委、县人民政府共同组织的"河北籍烈士亲属兴县集体祭扫活动"，在新落成的晋绥革命烈士陵园举行，来自河北的32位烈士亲属第一次跪在亲人的墓前。

郭新烈士的孙子郭元如、郭元红在爷爷的墓前泣不成声。他们点燃几支香烟放在墓前，一遍遍呼唤："爷爷，我们来看您了。"

杨瑞田烈士侄子杨军良、杨天明，两位朴实的农民汉子，把一瓶家乡的老酒洒在墓前，跪在叔叔墓碑前久久说不出话来。他们有太多的家常要和叔叔唠唠，他们要告诉叔叔，家里人年年都遥望西边思念叔叔，家里的老屋至今还保存着叔叔生前院里的一段土坯墙。

乔振东烈士的侄子乔宝仙跪在叔叔墓前，重重地给叔叔磕了个响头："叔叔，找着你，一家三代就安心了。"乔宝仙又给长眠在这里的每一位烈士挨个磕头。他向叔叔的战友们发誓："你们放心吧，今天我的亲人找到了，往后我也一定想办法把你们的亲人都找到。"

吴铁烈士的侄女吴素华、侄子吴进军在叔叔墓前烧下一堆小山一样的纸灰，似乎要把70多年欠下的都补回来。吴素华边烧纸边号啕大哭："叔叔，您怎么一走就几十年杳无音讯呢？奶奶临死前还在呼唤你的名字……"声泪俱下的场景令在场的人无不为之动容。

李迎花烈士的弟弟李春和站在二哥的墓前说："家里老人们都没了，他们一直惦记你呢，叫我来看看。我给你带了家乡

吕梁军分区官兵祭奠烈士

吴保祥烈士的亲属以回族特有的方式超度英灵

的烟、家乡的酒,还有家乡的糖,你好好安息吧!"

吴保祥烈士的侄子吴国华,是北京中军军弘集团的董事长,他带着吴保祥烈士的其他亲属和集团公司高层管理人员来到晋绥革命烈士陵园,他们郑重地向烈士纪念塔和吴保祥烈士墓敬献了花篮,又以回族特有的方式给亲人超度。

肖保宝烈士的弟弟肖晋,听到姐姐的遗骨找到了,一家十几人特地从成都赶到兴县缅怀祭奠,表示返回成都后要大力宣扬吕梁军民不忘革命、不忘先烈,克服困难收迁烈士遗骨的事迹。

段云之子段晓飞也来到烈士墓前,代表晋绥儿女祭拜英烈。他深情地说:"时隔70年,动用大量人力物力财力将烈士迁葬到陵园,说明人民对烈士的尊重和敬仰,作为后人,我们要以一颗感恩的心面对生活。"

在小善畔烈士墓地守护了 70 年的 86 岁老人刘孩儿，在儿子陪伴下来到重新安葬的小善畔阵亡烈士合葬墓前，他说："我原本可以到县城生活，但目睹这些为革命而壮烈牺牲的烈士葬在荒山野岭，心里总是割舍不下，就坚守陪伴了整整 70 年没有离开。这次政府把烈士们集中安葬了，我也就放心了，共产党是不会忘本的！"

吕梁军分区把"缅怀英烈伟绩，有效履行使命"作为强化部队践行"听党指挥、能打胜仗、作风优良"强军目标的重要内容，多次组织官兵前来拜谒先烈，接受红色历史和革命传统教育。

兴县县委、县政府把收迁安葬烈士过程作为党政干部爱党、爱国教育的过程，激发大家扎根老区、服务老区、发展老区的坚定意志。

临县白文中学的 300 多师生来到晋绥革命烈士陵园。学生们站在墓碑前，怀着崇敬的心情向烈士致敬。他们深知没有先烈们的奉献和牺牲，就没有今天的幸福生活。师生一致表示，要发扬革命先烈吃苦耐劳、不怕牺牲的精神，珍惜来之不易的美好生活，努力学习，为祖国的繁荣贡献自己的一分力量。

长眠的英雄，永逝的画面，正载入史册，英雄的壮举已化作一尊不朽的雕像，永远激励着后人。

风范永存励后生
忠烈事迹传千秋

忠烈事迹传千秋 风范永存励后生

在寻找收迁烈士遗骨的过程中,我们收获了很多感人至深的故事。这些故事有的发生在烈士身上,有的发生在群众身边。读来能感受到先烈的无畏壮举,感受到吕梁人民的无限情怀。

爱美的战士。在兴县杏花咀村收迁一位烈士遗骨时,村里的老人指着一座坟墓说,这里埋着的一位烈士是位帅气的小战士,白白净净、衣着整洁,口袋里经常装着一面小镜子,不时拿出来照照。收迁人员挖开他的墓冢后,果真在遗骨旁发现了一面小镜子,铁质镜框已经生锈,镜面也已破碎。从墓碑得知,这名战士叫梁居明,山西祁县人,晋绥军区战士,1943年春部队住在杏花咀村,住得久了,村里的老乡都认识他。4

月7日这天，日军偷偷向杏花咀袭来，并埋伏在山塌上，故意派出两个七瘸八拐的伪军赶着一头毛驴驮着一挺机枪向山塌爬行。侦察敌情的梁居明和另一位战士发现后，看着机枪眼馋，立即追上去想夺取，不料被埋伏的日军包围，残忍的敌人将他俩用刺刀刺死。这位爱美的战士牺牲后，当地村民把他们入棺安葬，还立了墓碑。重新安葬烈士遗骨时，收迁人员人员特意买了一面新镜子放在他的棺柩里，让美永远伴随着这位爱美的战士。

梁居明烈士使用过的小镜子

献给母亲的一张照片。第一二〇师参训队有一位政治教员叫刘力犁，原名刘德炎，山东济宁人，毕业于厦门大学，当过中学老师，1937年弃笔从戎参加了红军，转战到晋西北。刘力犁多才多艺，拉一手好胡琴，唱一口好京戏，写一手好字，还懂中医，战友们戏称他为"刘半仙"。在一次押解俘虏途中遭遇"扫荡"的日军，刘力犁临危不惧，奋力还击，不幸牺牲。

2012年春，刘力犁的外甥席伟得知舅舅安葬在晋绥革命烈士陵园后，特意寄来刘力犁的一张照片，照片的背面是刘力犁当年亲笔写的"谨献给母亲，你的炎儿。"刘力犁献给母亲的不仅仅是一张照片，他把生命也永远地献给了祖国母亲！

笔。兴县奥家坪乡李家塔村的烈士墓地,安葬着八路军第二十七团的烈士。收迁烈士遗骨时发现了不少铅笔。八路军重视战士的文化学习,开办了"识字班",战斗间隙经常组织战士学文化,战士身上都带着本子和铅笔。在一位叫张子江的烈士遗骨旁,发现了一支上好的钢笔,埋在地下近70年了,笔杆、笔尖保存完好,笔管内还有干结的墨水,收迁人员判断,这位烈士的文化程度很高,应该是部队的文化教员。从这些笔中不难看出,八路军是一支注重文化建设的军队。正如毛泽东说:"没有文化的军队是愚蠢的军队,而愚蠢的军队是不能战胜敌人的。"

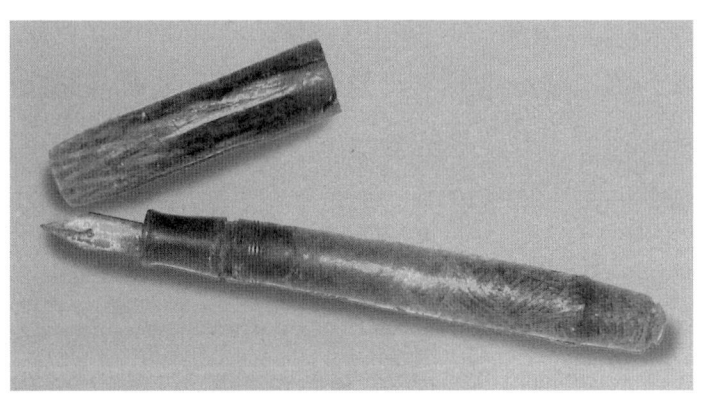

张子江烈士使用过的钢笔

衣扣。在收迁小善畔战场的100多位烈士遗骨时,让收迁人员不解的是每位烈士遗骨旁总能找到几枚铜钱,难道是八路军发的军饷?后来发现了几枚布裹着的衣扣,剥开布面后露出铜钱,这才知道,这些铜钱是八路军用来当作衣扣使用的。由此可见,八路军当时的条件是何等艰苦。

八路军制作衣扣的铜钱

小天使。小天使名叫肖保宝,是贺龙师长的外甥肖庆云的女儿。肖庆云夫妇跟随贺龙一路走来。肖庆云曾任第一二〇师警卫排长、晋绥军区警备营营长、团长等职。他的长女肖保宝1941年出生在兴县,天真活泼,给饱经战火的夫妻俩带来无尽欢乐,贺龙师长也非常喜爱。1948年,肖保宝随父母住兴县李家塔村,一天,忽然出麻疹高烧不退,虽请了医生诊治,终因缺医少药,不幸病逝,年仅7岁。肖庆云夫妇悲痛万分,贺龙师长亲赴李家塔看望。找到孩子遗骨时,孩子埋得很深很深,身旁还有一堆小玩具依稀可辨,足见父母疼爱至极。在重新安葬孩子遗骨时,收迁人员特意将参加过长征的红四方面军女战士马玉珍烈士放在孩子左边,将广东梅县籍女干部黄岫烈士安放在孩子右边,让孩子继续享受母爱,也愿有孩子相伴的女战士不再寂寞。

大烟斗。在兴县胡家沟村附近寻找烈士遗骨时,村里的一位老人讲,木兰岗(村里的地名)埋着的一位烈士是绥蒙剧社的指导员,能编会唱,多才多艺,特别喜欢抽烟,手里经常拿着个大烟斗。根据老人的指点,收迁人员在一处垮塌的山坡底下,找到了烈士遗骨。清理遗物时,果然发现了一个大烟斗,除了烟嘴腐朽外基本完好。经查证,这名绥蒙剧社的指导员叫胡忠武,湖北武汉人,一次剧社在木兰岗驻扎时,不幸触电牺牲。重新安葬烈士时,大家特意给他准备了一个新烟斗。

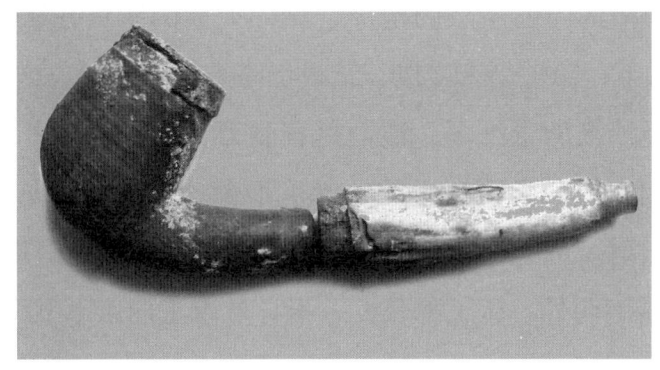

胡忠武烈士使用过的烟斗

南沟门前 92 勇士。1940 年 12 月 29 日,日军知道八路军爱护群众,便设了圈套,凶恶地将兴县县城放火点燃后,佯装撤退至大蛇头一带。看着县城着火,群众被困,第一二〇师参训队 121 人在队长林长云、指导员李玉成的带领下,从城南 30 里外的李家塔连夜急行军进城灭火。参训队二班十三名战士在县城南沟门前担任警戒,班长派了两名战士在山坡放哨,其余在南沟门前村一处独院窑洞内休息。凌晨时分,在南沟门前担任警戒的二班王宝玉出来换岗,忽然听见河沟内有撞击声,仔细一看,隐约有日本军旗晃动,顿时觉得不妙,连忙返回报警。这时院门已被日军封锁,他急忙边跑边喊:"鬼子来啦，鬼子来啦！"此时山上的哨兵也发现了敌情，急忙开枪，呼喊。二班先前有两名战士出去抬水准备做饭，窑洞内的八名战士听到枪声后拿起武器就往外冲，但为时已晚。敌人包围了院落，机枪猛烈扫射，并疯狂地向院内扔手榴弹，一场血战在南沟门前村的这座院落展开，后终因寡不敌众，八位战士英勇牺牲。

听到南沟门前激烈的枪声，城内灭火的队员在队长和指导员带领下，急忙赶来支援，结果也陷入重重包围。这些队员都是久经沙场的老红军，他们挺着刺刀，一次次撕开缺口向南山突围，但敌人死咬不放，紧追不舍，集中火力向突围的战士们扫射。战至最后，参训队 121 人，除 10 人拼死突围、19 人下落不明外，队长林长云、指导员李玉成以下 92 人全部壮烈牺牲。

困死山洞的伤员。1942 年 2 月初，正是数九寒天的季节，日军集结 10000 多人向晋西北根据地进行"铁壁合围"。日军混成第六旅团的三个大队分路向第三五八旅旅部所在地兴县孙家庄村扑来。部队紧急转移时，将行动不便的伤员转移到孙家庄附近山梁的两个山洞内隐蔽起来，洞内还铺了草垫御寒。部队突围后，日军每天在孙家庄村附近篦梳般搜查。转移山洞的八路军伤员既出不去、外边的人又进不来，在冰冷的山洞里伤员喝不上水、吃不上饭、服不上药。十多天日军撤离后，这些伤员也被冻饿而亡了。

近 70 年了，山洞依在，洞顶垮塌的土块已将洞口封闭。

▶ 忠烈事迹传千秋 风范永存励后生

山洞依在，人已故去

挖开土块后，烈士遗骨露了出来，七零八落地散落在草垫上。看到这一幕悲壮景象，收迁人员的心情久久不能平静！不敢想象，面对饥饿、寒冷和搜山的日本鬼子，八路军伤员在生命的最后一刻是怎样度过。

"**好吃不过山药蛋**"。好吃不过山药蛋，讲的是晋绥军区特务团第二营六连胡俊源烈士的一段荡气回肠的故事。

1943年10月，在阳会崖战斗打响前，晋绥军区特务团六连提前住进阳会崖村里。因为当时条件差吃得最多的就是当地特产山药蛋，这天，部队临出发前，村里的老乡们烤了几筐山药蛋，给出征的战士们充饥，胡连长边吃边说："好吃不过山药蛋。"结果这成了胡连长的最后一顿饭。

1943年10月13日，日军300余人由王狮据点出发向康宁镇进击；另一路日军 2000 余人从界河口沿蔚河而下，准备合击兴县城。第一二〇师特务团奉命在阳会崖一带埋伏阻击日军。胡俊源率领特务团六连埋伏在路南的山上，五连埋伏在路北的山上。日军进入伏击圈后，两面山头上的战士同时开火，子弹从四面八方射向敌人，激战四十分钟后，有一股日军迂回占据了六连左侧的一处高地，重机枪、迫击炮密集地向六连阵地压来。胡俊源连长端起机枪向日军猛烈扫射，不幸被子弹击中头部，英勇牺牲。

收迁安葬胡俊源烈士遗骨时，收迁人员特意带来了一盘兴县的焖山药，让胡连长再吃上一顿山药蛋。

为连长守墓五十载。 晋绥军区特务团第二营六连战士吕二奴是兴县本地人，家住奥家湾乡吕家庄村。

胡俊源连长牺牲后，吕二奴背起胡连长的遗体，整整走了 20 多里的山路，回到吕家庄村。

按照当地风俗，村子里的人特别忌讳将已经死去的人抬回村子里，尤其是一个不相干的外地人。但是看着浑身是血的八路军连长，村里的乡亲们完全是另外一种心情。

胡连长平时上战场总是冲锋在前，生活上也处处关心战士。有一次，吕二奴右腿负了伤，胡连长冒死把他救了出来，给他疗伤治病，救了他的命。吕二奴在乡亲的帮助下，借钱买了棺材将胡连长安葬在了自家地里。

1948 年，吕二奴在解放太原战斗中受伤致残退伍回乡。逢年过节都忘不了去老连长坟头烧香祭拜，这一坚持就是 50

年。2006 年，吕二奴老人病故前嘱托儿子，一定要守护好地里埋着的老连长。这次收迁时，工作人员把吕二奴老人和他的连长一起迁葬到烈士陵园。

一生等待。兴县东会乡有个小山庄叫店子村，三面群山环抱，山涧小溪静静地从村前淌过，溪边有一片茂密的树林，一条小路穿林而过，村头路旁有棵大柳树。60 多年来，人们常见一位妇人依在那棵大柳树下，痴痴地望着路的远方……。原来这里有一段悲凄的爱情故事。

1937 年秋的一天，八路军来到店子村，宣传抗日，组织训练游击队。村里血气方刚的任根保报名参军，跟着部队打游击，从一个毛头小伙成长为游击队的中队长，并光荣地加入了中国共产党。村里有位姑娘与任根保青梅竹马，相亲相爱。店子村离敌占区不远，战斗频繁，游击队每每出发，姑娘总是牵肠挂肚。1944 年 10 月的一天，鬼子又一次大规模"扫荡"，任根保率队参战，姑娘把他送到村头，千叮咛、万嘱咐，在那棵大柳树下恋恋不舍地分手。

任根保带领游击队在与日军激烈战斗时不幸被炮弹击中英勇牺牲，连遗体也没有找到。村里参战的战士陆续回来了，但任根保没有回来，永远也没有回来。

姑娘不相信她的根保哥就这样走了，天天站在村头那棵大柳树下痴痴等待，一直等到两鬓斑白。

来兵。"来兵"的全名叫冯来兵，是兴县东会乡段家湾崖村人。他的生父叫张超，是晋绥老八路，后来当过正厅级干部。但"来兵"怎么姓"冯"呢，又怎么会在大山里呢？这里有一段感人的故事。

原来，来兵母亲也是八路军。1939年冬，来兵的父母随部队来到段家湾崖一带驻扎。母亲在部队医院工作，正怀着来兵，部队即将转移时，来兵出生了。部队要行动，孩子怎么办？妈妈哭着咬咬牙说："送人吧！"

段家湾崖村畔下窑里住着一户冯姓人家，夫妻俩一直没有生育。一天夜里，来兵父母忍痛把孩子抱给这户人家，小两口喜出望外，把来兵视为己出，说是上天来的兵赐给他们的孩子，取名"冯来兵"。

冯来兵渐渐长大。一天，村里来了辆吉普车，下来一对中年男女，还有县里领导陪同。当时小汽车是稀罕物，冯来兵和童伴们围着看。突然，那位中年妇女径直朝他走来，直直地盯着，眼泪哗哗地流。放学回家，他家来了好多人，其中就有车上下来的那几位，那位中年妇女忽地过来，死死地搂着他，呜呜地哭，从此，来兵知道了自己的身世。养父母舍不得他走，生父母也开通，就把来兵留了下来。来兵也孝顺，不嫌弃山里的养父母，一直留在身边，直至养老送终，冯来兵也一辈子没有走出大山。

晋绥红嫂。1943年以来，第一二〇师第二十七团团部驻扎在李家塔村，军民关系十分融洽。鬼子一来"扫荡"，战士们首先帮助群众转移，当发现敌人朝老乡藏身的山沟搜索时，战士们故意鸣枪引开。一次战斗中,一位战士嘴负伤,吃不下饭,生命垂危。村妇救会干部知道后,动员全村十几位奶孩子的妇女轮流挤奶喂养负伤的战士。起初,妇女们害羞,等着妇救会的干部上门接奶,后来怕轮不上,争着抢着去挤奶。有些妇女奶水少,孩子也不够吃,但她们说:"孩子少吃几口饿不死,伤员不吃好不了"。就这样,这些"晋绥红嫂"用乳汁救活了这位战士。

军队爸爸。兴县兴业村至今还传颂着特等拥军模范任万生的故事。1940年冬,村里来了两个八路军伤员,本来让任万生家护理一个,但他觉得两个伤员来自一个部队,住在一起不寂寞,就主动把另一个也接过来,老两口喂汤喂药精心护理。一天,日本鬼子突然"扫荡",任万生和老伴顾不上转移自家的东西,背起伤员就跑,结果家里粮食、物品被抢劫一空。1943年,晋绥军区特务团七连驻兴业村,军民共用一口水井,任万生怕汉奸给井水里投毒,每天晚上去守护水井,坚持了一个多月,战士们称他是"活井盖"。七连驻村时开展大生产运动,种了300多亩地,任万生经常帮着干农活。夏锄时,七连出去打鬼子,村里只留下几个战士护田。任万生看苗子已经长得很高了还没有间,草也长满了,急忙动员群众帮部队间苗、锄草。战士们打仗回来,任万生看着战士生活艰苦,就把给自己准备的一口棺材卖掉,买了一头猪,送给部队改善生活。连长说:"你吃糠窝窝,穿破衣裳,我们不能接受。"他说:"军队生产闹得好,穷人个个都翻身,我任万生穿上不冷,吃了不饿",缠着连长硬是把猪留下。他的行动深深地感动了八路军战士,大家亲切地称他为"军队爸爸"。1944年12月晋绥边区第四届群英会上,任万生被评为特等拥军模范。

反哺老区报泽恩
晋绥儿女承遗志

晋绥儿女承遗志
反哺老区报泽恩

"我们父辈把鲜血洒在了晋绥这片英雄的土地上,永远不忘晋绥人民是他们的遗愿,也是对我们的嘱托。老区人民为抗战做出过重大贡献,作为晋绥儿女应该反哺老区人民,为老区的发展尽自己的力。"贺龙之女贺晓明的这段话,道出了晋绥儿女的心声。

在晋绥这片英雄的热土,先辈们为中华民族的解放,从四面八方奔赴抗日前线,他们克服重重困难,不惜流血牺牲,与老区人民生死与共,坚守着这片红色土地。而正是这片土地呵护、养育了他们及无数晋绥儿女。滴水之恩,当涌泉相报。晋绥儿女们从不懈怠,更没有忘记晋绥老区和这片土地上勤劳淳朴的人民。

多年来,晋绥革命前辈和他们的后代,一直以各种不同的方

晋绥儿女在烈士纪念塔前留影

式为老区经济建设及教育事业献计献策,捐款捐物,努力回报老区人民的养育之恩。

为了促进老区的经济发展,晋绥儿女奔走呼吁,成立了"山西省晋绥文化教育发展基金会"。基金会的资金主要来源于晋绥儿女和晋绥老同志的捐赠,企事业单位的捐助。

"把散落在当年战场和各地的烈士遗骨安葬在烈士陵园,让他们魂归故里,是替我们的父辈做他们未完成的事,是我们这一代人义不容辞的责任。"基金会理事长、林枫之子林炎志的一席话振聋发聩,直击心灵。从 2014 年起,晋绥儿女已连续 4 年组团回到兴县,参加"清明"祭扫活动,合计为收迁散葬烈士捐款 50 多万元。2015 年,"晋绥文化教育发展基金会"发起"捐陵园一棵松柏,送烈士一片绿荫"主题公益活动,晋绥儿女共捐赠树款

200余万元。

基金会还发起了"捐赠一件革命文物,留住一段红色历史"的公益活动,充实丰富晋绥边区纪念馆的馆藏文物,更好地发挥爱国主义教育基地的作用,弘扬晋绥精神。

为了留住红色记忆,"晋绥文化教育发展基金会"捐赠善款160万元,资助兴县政府修建革命文物保护纪念碑。目前选定的黑峪口、高家村、任家湾、张家湾、赵家川口、西平、碧村、石椤则、石岭则、张家圪碥、胡家沟、玉龙堂、李家湾、后木兰岗等48个红色遗址,首批已建成二十里铺、田家会、甄家庄、南沟门前战斗等9个纪念碑。这些纪念碑无声地告诉后人当年战斗的惨烈,烈士殉国的悲壮,更时刻警醒后人,铭记历史,缅怀先烈,奋发前行。

为南沟门前突围战斗纪念碑揭幕

为从根本上解决老区落后面貌,晋绥儿女积极开展支教助学活动。1996年成立的晋绥儿女支持老区教育协会,按每年若

新建的一二〇师小学

干名、每人1800元的标准,累计奖励了400余位乡村教师。"晋绥文化教育发展基金会"筹集资金,还在兴县县城援建了一所小学校,学校用八路军第一二〇师的番号命名,贺龙师长夫人薛明亲题"一二〇师学校"校名。学校已于2015年9月正式开学,这是一所九年制住宿学校,教学设备齐全,生活设施完备,优先招收烈军属、现役军人、军工科技人员的后代和贫困家庭的孩子。

红色基因永相传 晋绥精神放光芒

晋绥精神放光芒
红色基因永相传

　　收迁安葬烈士遗骨的每一个故事，使我们仿佛从历史的深处听到了金戈铁马的回声，她时时昭示我们，一切向前走，都不能忘记走过的路；走得再远，走到再辉煌的未来，也不能忘记走过的过去。一支伟大军队的历史，蕴含着克敌制胜的宝贵经验，凝聚着彪炳史册的伟大精神。

　　晋绥根据地的抗战史，就是一部凝聚着晋绥军民精神特质的英雄诗篇，那就是：忠诚于党、忠于革命，英勇顽强、不怕牺牲，顾全大局、舍己为国，依靠群众、艰苦奋斗的"晋绥精神"。

　　忠诚于党、忠于革命是晋绥精神的灵魂所在。理想和信念是精神力量的内在动力，既决定着人主体精神的价值取向，又规定着主体精神的本质属性。忠诚于党、忠于革命是共产主义理想信念的具体化,是共产党人的精神支柱、力量源泉和终身追求。在抗日战争的艰难岁月里,晋绥军民在血与火的战斗中,虽九死而不悔,队伍愈战愈壮,力量愈战愈强,阵地愈战愈广,直至取得最后的胜利,靠的就是对党的无限忠诚,对革命的无限眷恋。

英勇顽强、不怕牺牲是晋绥精神的最高体现。晋绥根据地是我党领导的抗日游击战争最先开展、最先发展、最先胜利的地方,是八路军挺进山西,实现对日抗战的"立足点"、发展抗战的"出发地"和战略支点之一。日军对晋绥根据地的发展坐卧不安,连续发动了"五路围攻""九路围攻",实施"囚笼政策""蚕食政策""三光政策""铁壁合围""铁笼式清剿"等猖狂进攻和残酷杀戮。晋绥八路军、决死队、游击队和抗日民众同仇敌忾,前赴后继,浴血奋战,有14000余名八路军指战员血洒疆场,10000余名晋绥儿女为国捐躯。

顾全大局、舍己为国是晋绥精神的核心内容。在整个抗战期间,仅晋绥中心区的晋西北地区,就先后累计屯兵10余万人。大军未动,粮草先行。晋绥人民在极端困难的条件下,突破极限地勒紧腰带、节衣缩食,把从敌人刺刀子弹下抢收回来的粮食、棉花无怨无悔地献给了子弟兵。"最后一碗米用来做军粮,最后一尺布用来缝军装"是当时的真实写照。1940年到1945年,共计缴纳公粮675万公斤,晋绥边区财政70%以上用于支援党中央,1943年上缴的经费占到中央财政总收入的81%,为抗战胜利做出了重大贡献。

晋绥精神放光芒　红色基因永相传

晋绥边区革命纪念馆

依靠群众、艰苦奋斗是晋绥精神的内在要求。军队打胜仗，人民是靠山。在抗日战争最艰苦的岁月里，面对敌人的"扫荡围剿"，面对根据地遭受的旱灾、蝗灾、洪灾等自然灾害，晋绥人民大力开展生产自救和互助运动，广大党员群众、干部战士、男女老少，军民一体、团结一心，在激烈的战斗间隙，战天斗地、开荒种田、纺线织布，不但实现了粮食、布匹的自给自足，还给党中央和延安上交了大量物资。八路军将士与人民同甘共苦，经常用节俭出来的粮食救济周围，有时甚至甘冒生命危险，送给被敌军围困的群众。

晋绥先烈用生命立起的一座座英雄雕像，是后来者永远瞻仰的不朽丰碑，他们用信念铸就的一座座精神高地，是激励后来者在新的征途上勇往直前的力量源泉。深深熔铸在中华民族生命力、创造力和凝聚力之中的"晋绥精神",已成为社会主义核心价值观体系中不可或缺的一部分。大力弘扬"晋绥精神",把理想信念的火种和红色传统的基因,内化成为一代又一代人的血液和灵魂,使我们的党、军队和民族更加健康、坚强、有力量,是我们共同的责任和永恒的追求。正如习近平总书记强调的那样,"新的历史条件下,全党全国各族人民要大力弘扬伟大的抗战精神,不断增强团结一心的精神纽带,自强不息的精神动力,继续朝着中华民族伟大复兴的中国梦奋勇前进,不断以坚持和发展中国特色社会主义的新成就告慰我们的前辈和英烈!"

青山埋忠骨,史册载功勋。晋绥先烈们的身躯不朽,已长成满山的翠柏青松;晋绥先烈们的灵魂不朽,依然在我们的血液里奔流;晋绥先烈们的精神不朽,永远激励我们拼搏奋进,砥砺前行!

无名烈士收迁合葬情况一览表

编号	人数	原掩埋地	所属部别及职务	牺牲时间、地点	收迁时间
1号合葬墓	38	交楼申乡新舍窠村围卫塌	第一二○师第三五八旅、独一旅、第三支队、第五支队战士	1940年7月4日-5日于二十里铺与日军作战时牺牲	2011年8月
2号合葬墓	40	高家村冯家庄村	晋绥军区警备营、特务团、第十七团、第二十六团、第三十六团等部战士	1943年10月5日于冯家庄与日军作战时牺牲	2011年8月
3号合葬墓	24	高家村镇碧村前梁	不详	1946-1949年间于碧村第六国际和平医院	2004年5月
4号合葬墓	92	兴县蔚汾镇拜塔塌	第一二○师参谋训练队官兵	1940年12月29日于兴县城关南沟门前与日军作战时牺牲	2004年5月
合计	194人				

无名烈士收迁单葬情况一览表

编号	人数	原掩埋地	所属部别及职务	牺牲时间、地点	收迁时间
001—007	7	蔡家崖乡杨家坡村后塔	不详	时间不详，于杨家坡后方医院	2011年8月
008—025	18	东会乡段家湾村西	第一二○师侦察排战士	时间不详，于段家湾战斗中牺牲	2011年8月
026—027	2	高家村镇冯家庄村寨塔儿	不详	1943年10月5日-6日在冯家庄村与日军作战时牺牲	2011年8月
028—077	50	瓦塘镇裴家川口村大坪梁	不详	抗日战争和解放战争时期牺牲于前彰和塌医院	2011年8月

续表

编号	人数	原掩埋地	所属部别及职务	牺牲时间、地点	收迁时间
078—079	（空号）				
080—133	54	魏家滩镇店上村电站旁	不详	时间不详，战争年代牺牲于马蒲滩医院	2011年7月
134—222	98	孟家坪乡小善畔村后塔	晋绥军区部队官兵	1943年10月5日-6日在小善畔战斗中牺牲	2011年8月
223—233	11	田家会村	第三五八旅、工卫旅干部战士	1942年5月在兴县田家会战斗中牺牲	
234	（空号）	后来找到姓名为杨尚元			
235	1		不详	抗日战争时期牺牲在兴县	
236—243	8	固贤乡田家会村后坡	第三五八旅、工卫旅等部战士	1942年5月中旬在田家会战斗中牺牲	2011年8月
244	1	蔚汾镇官庄村村西	不 详	1942年5月18日在兴县官庄与日军作战时牺牲	2011年9月
245	（空号）	后来找到姓名为邹肖朗			
246—260	15	奥家湾乡吕家庄村崖窑沟	第一二〇师第三五八旅战士	1942年2月因伤病在吕家庄村崖窑沟山洞隐藏时牺牲	2011年8月
261—265	5	蔚汾镇贺家圪台村阴沟	第一二〇师第三支队战士	1940年4月因伤病牺牲于贺家圪台驻地	2014年8月
266—272	7	蔡家崖乡胡家沟村南沿塔下	第一二〇师警备营一连战士	1944年11月7日在兴县胡家沟袭击向东撤退之敌时牺牲	2014年4月

续表

编号	人数	原掩埋地	所属部别及职务	牺牲时间、地点	收迁时间
273—281	9	交楼申乡新舍窠村仙洞沟	第一二〇师第三五八旅、独一旅战士	1940年7月4日-5日在兴县二十里铺至明通沟伏击日军时牺牲	2015年3月
282—283	2	高家村镇碧村村前	不详	1946-1947年间在兴县碧村第6国际和平医院疗养期间牺牲	2015年3月
284—303	20	兴县孙家庄村	第一二〇师第三五八旅，独立第三支部战士	1940年—1942年间，因伤因病牺牲在医院	2015年3月
304—305	2	奥家坪	第七一五团战士	1940年7月在奥家坪战斗中牺牲	2016年3月
306—309	4	二十里铺	独一族战士	1940年7月4日—6日，在二十里铺战斗中牺牲	2016年3月
310—313	4	兴县桑湾村	抗战中负伤往陕西神府县贺家川村后方医院运送途中牺牲	兴县桑湾村黄河渡口	2016年3月
314—315	2	临县杨家会村	第十七团战士	1943年10月26日在临县杨宇会战斗中牺	2015年3月
02—06	5	文水县大城南村	西北野战军第三纵队独立第三旅第二十一团第三营九连战士	1948年4月8日在文水县大城南村与阎锡山部作战时牺牲	2013年3月
合 计	316				

有名烈士收迁安葬情况一览表

序号	烈士姓名	籍贯	原掩埋地	所属部别及职务	牺牲时间、地点	收迁时间
01	张 路	山西应县	瓦塘镇裴家川口村大坪梁	晋绥军区被服厂工人	不详	2011年8月
02	王光文	甘肃成县三区石泉梁	瓦塘镇裴家川口村大坪梁	晋绥党校一部炊事员	1944年10月病逝	2011年8月
03	鲁新月	河北省高阳县水田定村	瓦塘镇裴家川口村大坪梁	不详	1951年1月13日逝世	2011年8月
04	高玉楷	不详	孟家坪乡小善畔村西	晋绥军区第二十六团政治指导员	1943年10月5日-6日在小善畔战斗中牺牲	
05	齐 章	不详	孟家坪乡小善畔村西	晋绥军区警备营组织干事	1943年10月5日-6日在小善畔战斗中牺牲	
06	吴国华	不详	孟家坪乡小善畔村西	晋绥军区教导队政治指导员	1943年10月5日-6日在小善畔战斗中牺牲	
07	张有才	河北省涞水县平宋各庄乡悟空寺村	奥家湾乡李家塔村烈士园	第二十七团十一连战士	1944年11月在兴县阳湾子村战斗中牺牲,时年20岁	2011年9月
08	纪庆文	河北省霸县桃家务村	奥家湾乡李家塔村烈士园	第二十七团八连战士	1944年11月在兴县阳湾子村战斗中牺牲,时年18岁	2011年9月
09	王德良	河北省固安县康家务村	奥家湾乡李家塔村烈士园	第二十七团八连战士,党员	1944年11月在兴县阳湾子村战斗中牺牲,时年32岁	2011年9月

续表

序号	烈士姓名	籍贯	原掩埋地	所属部别及职务	牺牲时间、地点	收迁时间
10	赵洪彬	河北省霸县杜岗村	奥家湾乡李家塔村烈士园	第二十七团七连班长,党员	1944年11月在兴县阳湾子村战斗中牺牲,时年24岁	2011年9月
11	刘润田	河北省安次县刘家庄村		第二十七团七连班长,党员	1944年11月在兴县阳湾子村战斗中牺牲,时年23岁	2011年9月
12	汤佑甫	不详		第一二〇师侦察参谋	1942年5月在田家会战斗中牺牲于黑茶山	2011年4月
13	王宪瑞	河北省安次县李东村		第二十七团七连班长	1944年11月6日在兴县曲家沟战斗中牺牲,时年20岁	2011年9月
14	乔振东	河北省涿县马官屯村		第二十七团七连战士	1944年11月7日在兴县孙家窑与日军作战牺牲,时年24岁	2011年9月
15	王延弼	河北省任丘县零池村		第二十七团七连战士	1944年11月8日在兴县杨湾子战斗中牺牲,时年30岁	2011年9月
16	崔　田	河北省新城县辛立庄村		第二十七团八连战士	1944年11月9日在兴县马家梁战斗中牺牲	2011年9月
17	刘保昌	河北省永清县冰六村		第二十七团十一连战士	1944年11月9日在兴县马家梁战斗中牺牲,时年20岁	2011年9月
18	马登水	河北省蠡县扬马庄村		第二十七团二连战士,党员	1944年11月7日在兴县舍窠焉战斗中牺牲,时年22岁	2011年9月
19	赵志仙	河北省永清县上庄村		第二十七团四连战士,党员	1944年11月7日在兴县峁底战斗中牺牲,时年22岁	2011年9月

续表

序号	烈士姓名	籍贯	原掩埋地	所属部别及职务	牺牲时间、地点	收迁时间
20	吴铁	河北省高阳县南马村	奥家湾乡李家塔村烈士园	第二十七团十一连战士	1944年11月在兴县沟门前战斗中牺牲，时年19岁	2011年9月
21	李迎花	河北省高阳县北绪口村		第二十七团十一连战士,党员	1944年11月7日在兴县峁底战斗中牺牲	2011年9月
22	陈仲起	河北省涞水县虎各庄村		第二十七团九连战士	1944年11月9日在兴县冯家沟战斗中牺牲,时年28岁	2011年9月
23	解申	河北省安新县郝家庄村		第二十七团二连战士	1944年11月8日在兴县曲家沟战斗中牺牲	2011年4月
24	侯双虎	河北省容城县王家营村		第二十七团七连战士	1944年11月7日在兴县孙家窑与日军作站牺牲,时年18岁	2011年9月
25	郭新	河北省永清县小米庄村		第二十七团九连战士,党员	1944年11月9日在兴县冯家沟与日军作战时牺牲	2011年9月
26	邢俊生	河北省定县王西林村		第二十七团十一连班长,党员	1944年10月在兴县南沟门前战斗中牺牲,时年21岁	2011年9月
27	张子清	陕西省神府县中梁上村		第二十七团九连战士	1944年11月9日在兴县冯家沟与日军作战时牺牲,时年20岁	2011年9月
28	邓宝合	河北省任丘县赵各庄村		第二十七团十一连通讯员,党员	1944年11月在兴县南沟门前战斗中牺牲,时年23岁	2011年9月

续表

序号	烈士姓名	籍贯	原掩埋地	所属部别及职务	牺牲时间、地点	收迁时间
29	李子江	河北省遵化县平安城人		第二十七团十一连副连长	1944年11月在兴县沟门前战斗中牺牲，时年20岁	2011年9月
30	许俊侠	河北省固安县人		第二十七团团部看护班长	1944年11月在兴县牺牲	2011年9月
31	孟贻仲	河南郑州三庄街人		第二十七团十一连战士	1944年11月7日在兴县牺牲，时年23岁	2011年9月
32	王国均	北京房山县人		第二十七团十一连战士	1944年11月在兴县沟门前战斗中牺牲，时年28岁	2011年9月
33	李 芳	云南省罗次(今禄丰)县人	奥家湾乡李家塔村烈士园	第一二〇师第三五八旅侦察参谋战斗英雄	1944年6月在安沟村战斗中牺牲	2011年4月
34	张守智	河北新乐县人		晋绥军区司令部二科侦察参谋	1944年农历5月在岚县唐家沟侦察时被日军包围，突围时牺牲	2011年9月
35	高文波	河北省雄县高家村人		第二十七团七连副连长	1944年11月9日在兴县孙家窑战斗中牺牲	2011年4月
36	赵德明	1944年11月9日在兴县孙家窑战斗中牺牲		第二十七团十连副连长	1944年11月6日在兴县曲家沟战斗中牺牲	2011年4月
37	刘殿英	辽宁金县石山村人		第二十七团十一连副连长	1944年11月7日在兴县沟门前与日军作战牺牲	2011年4月

续表

序号	烈士姓名	籍贯	原掩埋地	所属部别及职务	牺牲时间、地点	收迁时间
38	李万银	北京市房山县南窑口村	奥家湾乡李家塔村烈士园	第二十七团十一连战士	1944年11月在兴县交楼申战斗中牺牲	2011年9月
39	任双喜	河北省任丘县黄庄村		第二十七团十一连战士	1944年11月在兴县南沟门前与日军作战牺牲,时年20岁	2011年9月
40	杨瑞田	河北省蠡县大扬庄村		第二十七团十一连战士	1944年11月在兴县交楼申战斗中牺牲,时年21岁	2011年9月
41	孟 领	河北省任丘县		第二十七团十连战士	1944年11月在兴县曲家沟战斗中牺牲,时年22岁	2011年9月
42	张殿增	河北省永清县张家庄子村		第二十七团十一连战士,党员	1944年11月在兴县交楼申战斗中牺牲,时年25岁	2011年9月
43	蔡福田	河北省容城县西缘庄村		第二十七团十连战士	1944年11月在兴县曲家沟战斗中牺牲,时年20岁	2011年9月
44	吴保祥（回族）	北京市大兴县礼贤镇		第二十七团十连班长,党员	1944年11月在兴县曲家沟战斗中牺牲,时年21岁	2011年9月
45	晋天仓	北京市房山县小千裕村		第二十七团十一连班长	1944年11月在兴县南沟门前与日军作战牺牲,时年22岁	2011年9月
46	刘长有	河北省清苑县石桥村		第二十七团十一连司号员	1944年11月在兴县南沟门前与日军作战牺牲,时年20岁	2011年9月
47	黄树青	河北省永清县东水营村		第二十七团十一连战士	1944年11月在兴县南沟门前与日军作战牺牲,时年27岁	2011年9月

续表

序号	烈士姓名	籍贯	原掩埋地	所属部别及职务	牺牲时间、地点	收迁时间
48	陈仓	河北省安新县同口村		第二十七团十一连班长	1944年10月在兴县南沟门前战斗中牺牲,时年28岁	2011年9月
49	杨金发	河北省安次县		第二十七团十连战士	1944年11月7日在兴县曲家沟与日军作战牺牲,时年20岁	2011年9月
50	李德春	河北省固安县马辛庄村		第二十七团十一连班长	1944年11月在兴县南沟门前战斗中牺牲,时年30岁	2011年9月
51	马玉珍(女)	四川省人		晋绥军区后勤部	晋绥军区医院	2011年4月
52	肖保宝(女)	四川省成都市		第一二○师警备团团长肖庆云之女	1948年春病逝于兴县李家塔村	2011年4月
53	李岁英	不详	奥家湾乡李家塔村烈士园	不详	抗日战争中在兴县牺牲	2011年9月
54	张喜根	河北省廊坊市安次区		不详	抗日战争中在兴县牺牲	2011年9月
55	武文昌	不详		晋绥军区侦察连副班长	1944年10月在兴县与日军作战时牺牲	2011年9月
56	李候小	山西省兴县安沟村		游击队战士	1942年在孙家窑战斗中牺牲	2011年9月
57	杨尚元	河北省人		晋绥军区侦察连侦察员	1940年10月在兴县反"扫荡"时牺牲	2011年9月
58	宋光普	东北人		晋绥军区司令部二科侦察股长	1944年农历5月在岚县唐家沟侦察时被日军包围,突围时牺牲	2011年4月

续表

序号	烈士姓名	籍贯	原掩埋地	所属部别及职务	牺牲时间、地点	收迁时间
59	温国健	山西省兴县蔡家崖乡蔡家崖村	蔡家崖村北梁	第一二〇师运输队排长	1948年在临汾战斗中牺牲	2012年4月
60	龙海	不详	贺家会乡枣林坡村西沟	决死第四纵队教导营长	1940年06月29日在兴县枣林坡村北山与日军作战牺牲	2012年8月
61	胡俊源	陕西绥德县崔家湾镇胡家圪佬村	奥家湾乡吕家庄村南坡	晋绥军区特务团六连连长	1943年11月在兴县阳会崖与日军作战时牺牲	2012年9月
62	梁居明	山西祁县	蔚汾镇杏花咀村西梁	晋绥军区战士	1943年4月7日在兴县杏花咀村战斗中牺牲	2012年8月
63	张广泰	山西文水县		晋绥军区战士	1943年4月7日在兴县杏花咀村战斗中牺牲	2011年8月
64	胡忠武	湖北省武汉市	蔡家崖乡木兰岗村后塔	绥蒙剧社指导员	解放战争时期在兴县后木兰岗村触电牺牲	2011年9月
65	高应乐	山西省兴县高家崖村	瓦塘镇高家崖村北	51148部队战士	1975年在内蒙呼市罗家营因公牺牲	2011年9月
66	李振江	山西省兴县李家梁村	东会乡李家梁村	西南军区第一工程局第二大队副大队长	1952年11月15日进藏途中牺牲，时年29岁	2004年5月
67	黄岫（女）	广东省梅县	蔡家崖乡石愣则村南梁	晋绥军区司令部二科侦察参谋	1949年3月1日逝世	2011年8月
68	邹肖朗	不详	蔡家崖乡石岭则村脑畔梁	第一二〇师《战斗报》记者	不详	2004年4月

续表

序号	烈士姓名	籍贯	原掩埋地	所属部别及职务	牺牲时间、地点	收迁时间
69	马四	山西省忻县	交楼申乡大桥上坪上村榆树湾	兴县游击四中队排长	1944年11月在兴县孙家窑战斗中牺牲	2011年8月
70	白讨吃	山西省兴县	蔚汾镇西关村紫沟梁	第十七团四连战士	1944年岚县负伤后牺牲于。兴县坪	2011年8月
71	刘付柱	山西省兴县东会乡张家湾村	蔚汾镇肖家洼村村西	晋绥军区特务团战士	1944年战斗中负伤后，于肖家洼晋绥军区卫生队牺牲	2014年3月
72	赵玉林	山西省文水县	蔚汾镇崖窑湾村前	晋绥军区特务团战士	抗战时期负伤后，在兴县崖窑湾村养伤期间牺牲	2015年3月
73	尹计兵	山西省兴县魏家滩镇	魏家滩镇龙泉村北梁	川西公安大队班长	1950年1月20日在川西剿匪战斗中牺牲	2015年9月
74	高如星	山西省兴县东关村	蔚汾镇东关村北山	晋绥军区战斗剧社学员，第一野战军战斗剧社音乐队副队长，西南军区战斗文工团音乐研究室组长，武汉军区胜利歌剧院创作员,代表作有《九九艳阳天》等	1971年2月14日逝世	2014年9月
75	张国荣	河北省人	文水县凤城镇大城南村	西北野战军第三纵队独立第二旅第二十一团第三营九连战士	1948年4月8日在文水县大城南村与阎锡山部作战牺牲	2013年3月

续表

序号	烈士姓名	籍贯	原掩埋地	所属部别及职务	牺牲时间、地点	收迁时间
76	高秀荣	山西省兴县魏家滩镇高家崖村	兴县魏家滩镇高家崖村	兴县游击大队一中队班长	1944年9月在安沟战斗中牺牲	
77	李老虎	山西省临县城庄镇南沟村	临县城庄镇南沟村	游击队战士	1943年5月作战牺牲	
78	贺景堂	山西省兴县康宁镇花子村	兴县康宁镇花子村	青年纵队副连长	1945年在离石战斗中牺牲	
79	曲之松	湖南大庸县		洪涛印刷厂采购员	1942年牺牲	
80	白海军	山西省兴县东会乡王家坡村	兴县东会乡王家坡村	工程兵第四十一旅工兵第二营造桥二连三排八班	2009年12月4日为保护战友牺牲	
81	高玉仁	兴县圪垯上乡高家山村	兴县圪垯上乡高家山村	第一二〇师特务团战士	1945年在交城战斗中牺牲	
82	指导员	不详	兴县高家村镇高家村	不详	不详	2013年
83	樊连长	不详	水泉塔村	不详	抗日战争时期在兴县水泉塔村牺牲	
84	李指导员	山西省神池县	孔家沟村	工卫旅指导员	1942年5月在田家会战中负伤,后牺牲于兴县孔家沟村	
85	罗希风	不详	蔡家崖乡杨家坡村后塔	不详	抗日战争时期牺牲于杨家坡后方医院	2011年7月

中共中央晋绥分局领导名录

（资料来源于《晋绥边区人物春秋》）

关向应	晋绥分局书记	1942.8—1947.7
贺　龙	晋绥军区司令员	1942.8—1949.9
李井泉	晋绥分局书记	1945.9—1949 底
林　枫	晋绥分局代书记	1942.8—1945.9
张稼夫	晋绥分局宣传部部长、副书记、代书记	1942.11—1949.2
周士第	晋绥军区参谋长	1942.8—1948 夏
甘泗淇	晋绥军区政治部主任	1942.8—
赵　林	晋绥分局副书记兼城工部部长	1942.8—1949
吴亮平	晋绥分局委员、一地委书记	1942.8—1944
罗贵波	晋绥分局委员、八地委书记	1942.8—1948.8
吕正操	晋绥分局委员、晋绥军区司令员	1943.9—1945.9
龚逢春	晋绥分局委员、宣传部部长、党校校长	1942.8—1949.9
王达成	晋绥分局委员、组织部部长	1942.8—1949.9
武新宇	晋绥分局委员、晋绥行署代主任	1942.10—1949.9
高克林	晋绥分局委员、雁蒙区党委书记	1942.10—1949.4

乌兰夫	晋绥分局委员、绥蒙政府主席	1945.8—1948.9
白如冰	晋绥分局委员、绥远省委书记	1942.10—1949.4
王 震	晋绥分局委员、吕梁区党委书记	1946.11—1947.6
张宗逊	晋绥分局委员、吕梁区党委书记	1945.8—1946.3
龚子荣	晋绥分局委员、民运工委书记	1942.9—1949.9
谭政文	晋绥分局委员、社会部长	1942.10—1948.6
罗 毅	晋绥分局委员、青工委书记	1942.8
周 颐	晋绥分局委员、青工委书记	1948.6—1948.9
张子意	晋绥分局委员、副书记、宣传部部长	1948初—1949
张邦应	晋绥分局委员、组织部部长、党校校长	1945.9—1946.11
陈漫远	晋绥分局委员、晋绥军区副参谋长	1945.8—1949底
张平化	晋绥分局委员、晋绥军区政治部副主任	1945.8—1945.9
陈希云	晋绥分局委员、晋绥财委书记	1945.8—1949.9
肖 扬	晋绥分局委员、秘书长	1942.8—1944.6
龚子荣	晋绥分局委员、秘书长	1944.7—1946.3
刘文珍	晋绥分局委员、秘书长	1944.7—1946.3
周 文	晋绥分局委员、秘书长	1947.9—1948夏
郝德清	晋绥分局委员、秘书长	1948夏—1949.9

晋西北（晋绥边区）行政公署领导名录

（资料来源于《晋绥边区人物春秋》）

续范亭　　主任　　　　　　1940.2—1947.9
牛荫冠　　副主任　　　　　 1940.2—1942.11
武新宇　　副主任、代主任　 1942.11—1949.2

第一二〇师（晋西北军区、晋绥军区）部队序列

（资料来源于《晋绥根据地大事记》）

1937年9月3日，改编后的八路军第一二〇师（1940年11月改称晋西北军区，1942年12改称晋绥军区）奉命由陕西富平县东渡黄河，进驻晋西北，创建晋绥革命根据地。

第一二〇师（1937年冬）

师　　长	贺　龙
政　　委	关向应
副师长	肖　克
司令部参谋长	周士第
政治部主任	关向应
副主任	甘泗琪
供给部部长	陈希云
卫生部部长	蒋耀德
政　　委	刘运生
教导团团长	彭绍辉
政　　委	苏启胜
学兵团团长	刘井锡
政　　委	曾祥辉

文交支队支队长	康干生
绥蒙支队支队长	王宝珊
警六团团长	王兆相
宋支队支队长	宋时轮
政　委	伍晋南

第三五八旅

旅　长	芦冬生
政　委	李井泉
副旅长	张宗逊
司令部参谋长	姚喆
政治部主任	张平化
供给部部长	黎化南
卫生部部长	贺彪
忻崞独立团团长	顿星云（唐金龙）
政　委	彭德大
第七一五团团长	王尚荣（李文成）
政　委	朱辉照　汤成功
第七一六团团长	宋时轮（贺炳炎　黄新亭）
政　委	廖汉生
司令部参谋长	增来古
政训主任	伍云甫

第三五九旅

旅　　长	陈伯钧
政委兼副旅长	王　震
司令部参谋长	刘子奇
政治部主任	袁任远
供给部部长	何维忠
卫生部部长	戴正华
第七一七团团长	刘转连
政　　委	晏福生　刘礼年
司令部参谋长	欧阳家祥
政训主任	刘理明
第七一八团团长	陈宗尧　文年生
政　　委	刘子奇　罗　章
司令部参谋长	帅　荣
政训主任	罗志敏
第七一九团团长	贺庆积
政　　委	陈文彬

第一二〇师（1938年冬）

师　　长	贺　龙
政　　委	关向应
副师长	肖　克

司令部参谋长	周士第
政治部主任	甘泗琪
供给部部长	陈希云
卫生部部长	刘运生
教导团团长	彭绍辉
政　委	冼恒汉
学兵团团长	刘井锡
政　委	曾祥辉
第一支队支队长	杨嘉瑞
政　委	戴文彬
第二支队支队长	毛少先
政　委	陈云开
第三支队支队长	增来古
政　委	陈远波
第四支队支队长	周　彪
政　委	孙春荣
第五支队支队长	张　荣
政　委	王文明
第六支队支队长	刘华香
大青山支队支队长	李井泉
警六团团长	孙绍群
政　委	张达志
平西挺进纵队司令员	宋时轮
政　委	邓　华

第三五八旅

旅　　长	张宗逊
政　　委	李井泉
司令部参谋长	喻楚杰
政治部主任	张平化
供给部部长	黎化南
卫生部部长	贺　彪
第七一四团团长	顿星云
政　　委	彭德大
第七一五团团长	王尚荣
政　　委	朱辉照
第七一六团团长	贺炳炎
政　　委	廖汉生

第三五九旅

旅长兼政委	王　震
司令部参谋长	郭　鹏
政治部主任	袁任远
供给部部长	何维忠
卫生部部长	颜正钧
政　　委	潘世征
第七一七团团长	刘转连

政　委	晏福生
第七一八团团长	陈宗尧
政　委	刘子奇
第七一九团团长	贺庆积
政　委	陈文彬

晋西北新军（1937年冬）

动委会游击总队

代总队长	谭公强
司令部参谋长	
政治部主任	许　达
第一支队支队长	周　平
第二支队支队长	高永祥
政治主任	慕　湘
第三支队支队长	刘森唐
政治主任	徐铁民
第四支队支队长	刘墉如
第五支队支队长	孙兴华
政治主任	王燕士

工人武装自卫总队

| 总队长 | 李子丰 |

司令部参谋长	
政治部主任	侯俊岩　康永和
第一中队中队长	那文英
第二中队中队长	曲　俊
第三中队中队长	
第四中队中队长	

决死第四纵队

司令员兼政委	雷任民
副司令员	孙超群
司令部参谋长	
政治部主任	李立果　刘玉衡
第十总队总队长	
政治主任	王玉波　周秋野
第十一总队总队长	
政治主任	刘玉衡　郭实夫
第十二总队总队长	
政治主任	姚仲康　刘仰峤

决死第二纵队（晋西）

司令员兼政委	张文昂
司令部参谋长	

政治部主任	韩　钧
第四总队总队长	王荣清
政治主任	郝德清
第五总队总队长	钟人仿
政治主任	廖井丹　吴振刚
第六总队总队长	张开基
政治主任	廖鲁言　李曙森

晋西北新军(1938年冬)

保安司令部

司令员	续范亭
司令部	
政治部	
第一支队支队长	程子华
政治主任	
第二支队支队长	孙兴华
政治主任	
第三支队支队长	罗克贵
政治主任	严尚林
第四支队支队长	黄　镇
政治主任	
第五支队支队长	
政治主任	

第六支队支队长
政治主任
第七支队支队长　　　　　张希钦
政治主任
第八支队支队长
政治主任

工人武装自卫纵队

司令员兼政委　　　　　郭挺一（叛徒、镇压）
司令部参谋长　　　　　王伯言　张增儒
政治部主任　　　　　　侯俊岩
第一总队总队长　　　　周子祯
政治主任　　　　　　　王景任
第二总队总队长　　　　李子丰
政治主任　　　　　　　王庆生
游击第九团团长　　　　亚　马
政治主任

决死第四纵队

司令员兼政委　　　　　雷任民
副司令员　　　　　　　孙超群
司令部参谋长

政治部主任	李立果　刘玉衡
第十总队总队长	
政治主任	李立果　王玉波　周秋野
第十一总队总队长	
政治主任	刘玉衡　郭实夫
第十二总队总队长	
政治主任	姚仲康　刘仰峤
游击第六团团长	李宝森
政治主任	张孝惠
游击第七团团长	杨叶彭
政治主任	冯基平

决死第二纵队（晋西）

司令员兼政委	张文昂
司令部参谋长	
政治部主任	韩　钧
第四总队总队长	王荣清
政治主任	郝德清
第五总队总队长	钟人仿
政治主任	廖井丹
第六总队总队长	杨育才
政治主任	廖鲁言
游击第三团团长	曹　诚

政治主任　　　　　　　　李文炯
游击第四团团长　　　　　刘义明
政治主任
游击第五团团长
政治主任
游击第十二团团长　　　　李明才　郭庆祥
政治主任　　　　　　　　张　范
游击第四十二团团长
政治主任

第一二〇师(1939年夏)

师　长　　　　　　　　　贺　龙
政　委　　　　　　　　　关向应
司令部参谋长　　　　　　周士第
政治部主任　　　　　　　甘泗琪
供给部部长　　　　　　　陈希云
卫生部部长　　　　　　　曾育生
政　委　　　　　　　　　刘运生
教导团团长　　　　　　　喻楚杰
政　委　　　　　　　　　冼恒汉
特务团团长　　　　　　　杨嘉瑞
政　委　　　　　　　　　范忠祥
第二支队支队长　　　　　张秀龙

政　委	李廷良
第三支队支队长	贺炳炎
政　委	余秋里
司令部参谋长	李　硕
政治部主任	张元和
供给部部长	宋庆生
卫生部部长	章德炎
第七团团长	刘　彬
政　委	曾祥辉
第八团团长	左倾臣
政　委	刘佩云
第四支队支队长	苏　鳌
政　委	朱继光
第五支队支队长	蔡　玖
政　委	王宝珊
第六支队支队长	刘　忠
政　委	胡一新
大青山骑兵支队支队长	李井泉
平西挺进纵队司令员	肖　克
副司令员	程世才
司令部参谋长	徐德曹
政治部主任	吴振南

第三五八旅

旅　　长	彭绍辉
政　　委	罗贵波
司令部参谋长	李夫克
政治部主任	刘惠农
供给部部长	史可全
政　　委	黄振武
卫生部部长	周长庚
政　　委	黄国平
第七一四团团长	顿星云
独一团团长	毛少先
政　　委	陈云开
独二团团长	周　彪
雁北支队（六支队）	
支队长	刘华香
警六团团长	孙超群
政　　委	张达志

独一旅

旅　　长	高士一
政　　委	朱辉照
副旅长	王尚荣

司令部参谋长	谷志标
政治部主任	杨其良
供给部部长	范子瑜
卫生部部长	董家龙
第七一五团团长	李文清
政　委	汤成功
第一团团长	黄久征
政　委	
第二团团长	郭　征
政　委	陈远波
第三团团长	戈厚福
政　委	顿德俊

独二旅

旅　长	魏大光
政　委	王同安　廖汉生
司令部参谋长	赵振国
政治部主任	戴文彬
供给部部长	黎化南
卫生部部长	谢心亭
第七一六团团长	黄新廷
政　委	金如柏
第四团团长	王廷文

政　委	孙占彪
第五团团长	徐立树
政　委	范保顺

第三五九旅

旅长兼政委	王　震
司令部参谋长	郭　鹏
政治部主任	袁任远
副主任	王恩茂
供给部部长	何维忠
政　委	刘国辉
卫生部部长	颜正钧
政　委	贺茂德
第七一七团团长	刘转连
政　委	晏福生
第七一八团团长	陈宗尧
政　委	李　铨
津南支队支队长	张仲翰
政　委	曾　涤
雁北支队支队长	徐国贤
政　委	谭文邦
特务团团长	刘子奇

晋西北新军(1939 年冬)

暂一师

师长	续范亭
司令部参谋长	张希钦
政治部主任	饶　兴
第三十六团团长	罗克贵
第三十七团团长	孙兴华
政治主任	王燕士
第四十四团长	
政治主任	严尚林

工人武装自卫旅

旅长兼政委	郭挺一（叛徒、镇压）
司令部参谋长	彭治彰　徐联增　郭汉辰
政治部主任	侯俊岩　康永和
第二十一团团长	周子祯
政治主任	王景任
第二十二团团长	胡克彪
政治主任	王庆生
第二十三团团长	李如山　亚马
政治主任	麻志浩

决死第四纵队

司令员兼政委	雷任民
司令部参谋长	
政治部主任	李立果　刘玉衡
第十九团团长	冯基平
政治主任	杨叶澎
第二十团团长	王兰麟
政治主任	郭实夫
第二十五团团长	李宝森
政治主任	姚仲康
第四十团	

决死第二纵队

司令员	韩　钧
政　委	张文昂
司令部参谋长	
政治部主任	韩　钧
第四团团长	王何全
政治主任	郝德清
第五团团长	刘绍先
政治主任	李晓顿
第六团团长	熊　钧

政治主任	廖鲁言
游击三团团长	曹　诚
政治主任	李文炯
游击第四团团长	刘义明
游击第十二团团长	郭庆祥
游击第四十二团团长	

第一二〇师暨晋西北军区（1940 年 11 月）

1940 年 1 月，晋西北行政公署在兴县蔡家崖成立，新军进行了整顿和军事、政治训练，完全成为我党直接领导和指挥的抗日武装。1940 年 11 月，晋西北军区在兴县李家湾成立，与行政区划（专署）相应地成立了二、三、四、八四个军分区。

师长兼军区司令员	贺　龙
师政委兼军区政委	关向应
军区副司令员	续范亭
司令部参谋长	周士第
政治部主任	甘泗琪
供给部部长	陈希云
政　委	周则盛
卫生部部长	贺　彪
政　委	刘运生

教导团团长　　　　　　喻楚杰

政　委　　　　　　　　徐文烈

特务团团长　　　　　　杨嘉瑞

政　委　　　　　　　　朱民亲

雁北支队（六支队）

支队长　　　　　　　　刘华香

大青山骑兵支队

司令员　　　　　　　　姚　喆

司令部参谋长　　　　　陈　刚

政治部主任　　　　　　张达志

副主任　　　　　　　　曾锦云

供给部部长　　　　　　王玉林

卫生部部长　　　　　　潘本善

第一团团长　　　　　　邹凤山

第二团团长　　　　　　王贤光

政　委　　　　　　　　曹正之

第三团团长　　　　　　朱有德

政　委　　　　　　　　姜文华

第四支队支队长　　　　张宝龙

政　委　　　　　　　　孙春烈

独二旅（兼第二军分区）

旅长兼分区司令员	彭绍辉
政　委	张平化
副司令员	张希钦
司令部参谋长	李文清
政治部主任	刘惠农
供给部部长	史可全
政　委	黄振武
卫生部部长	周长庚
政　委	黄国平
第七一四团团长	张绍武
政　委	张世良
第五团团长	曾　征
政　委	罗　斌
第九团团长	张洪卿
政　委	王定一

暂一师（属第二军分区）

师　长	续范亭（兼）
司令部参谋长	张希钦
政治部主任	饶　兴
供给部部长	金立声

卫生部部长	续德甫
特务团团长	陈菊生
政　委	张效忠
第三十六团团长	高永祥
政　委	严尚林
第三十七团团长	孙兴华
政　委	王燕士

第三五八旅（兼第三军分区）

旅长兼分区司令员	张宗逊
政　委	李井泉
副旅长	贺炳炎
司令部参谋长	李夫克
政治部主任	朱　明
供给部部长	黎化南
卫生部部长	谢心亭
政　委	田明中
第七一六团团长	黄新廷
政　委	廖汉生
第七团团长	唐金龙
政　委	杨秀山
第八团团长	刘　彬
政　委	余秋里

第三五九旅

旅长兼政委	王　震
副旅长	郭　鹏
司令部参谋长	唐子奇
政治部主任	袁任远
副主任	王恩茂
供给部部长	何维忠
卫生部部长	潘世征
政　委	周雪林
第七一七团团长	刘转连
政　委	晏福生
第七一八团团长	陈宗尧
政　委	李　铨
第七一九团团长	张仲翰
政　委	曾　涤
北支队支队长	徐国贤
政　委	谭文邦
第四支队支队长	苏　鳌
政　委	贺振新

独一旅(兼第四军分区)

旅　　长	高士一
政　　委	白　坚
副旅长兼分区司令员	王尚荣
代政委	冼恒汉
副司令员	雷任民
司令部参谋长	谷志标
副参谋长	黄荣忠
政治部主任	杨其良
副主任	戴文彬
供给部部长	夏耀堂
卫生部部长	董家龙
政　　委	李炳炎
第七一五团团长	顿星云
政　　委	汤成功
第二团团长	傅传作
政　　委	辛世修

决死第四纵队(属第四分区)

司令员兼政委	雷任民
副司令员	孙超群
司令部参谋长	

政治部主任	李立果
供给部部长	李长馥
政　委	张人骏
卫生部部长	李新明
政　委	刘耀礼
第十九团团长	冯其平
政　委	杨叶澎
第三十五团团长	李宝森
政　委	姚仲康
第二十团团长	网兰麟
政　委	刘仰峤

决死第二纵队（兼第八军分区）

司令员	韩　钧
政　委	王逢原
副司令员	侯俊岩　刘德明
司令部参谋长	
政治部主任	廖井丹
供给部部长	任象贤
政　委	金树源
卫生部部长	孟德利
政　委	杜芳召
第四团团长	王何全

政　委	武振刚
第五团团长	刘绍先
第六团团长	刘菊生

工人武装自卫旅（属第八军分区）

旅长兼政委	侯俊岩
司令部参谋长	张新华
政治部主任	李　明
副主任	康永和
供给部部长	任应枢
卫生部部长	王仰文
第二十一团团长	周子祯　彭嘉诗
政治主任	麻志浩　徐铁民
第二十二团团长	彭　敏
政治主任	王庆生
洪赵纵队纵队长	晏显升

新军总指挥部

总指挥	续范亭
政委	罗贵波
副总指挥	张文昂　雷任民

第一二〇师暨晋西北军区（1941年秋）

师长兼军区司令员	贺　龙
政委兼军区政委	关向应
军区副司令员	续范亭
司令部参谋长	周士第
政治部主任	甘泗琪
供给部部长	陈希云
卫生部部长	贺　彪
政　委	戴文彬
特务团团长	杨嘉瑞
政　委	朱民亲
抗大七分校校长	周士第
政　委	徐文烈
河防司令部司令员	刘　忠
兴岚直属军分区	

大青山骑兵支队

司令员	姚　喆
副司令员	陈　刚
司令部参谋长	张成功
政治部主任	张达志
副主任	曾锦云

供给部部长　　　　　　王玉林
卫生部部长　　　　　　潘本善
第一团团长　　　　　　邹凤山
政　委　　　　　　　　范保顺
第二团团长　　　　　　郑乃章
政　委　　　　　　　　彭宝山
第三团团长　　　　　　蔡　玖
政　委　　　　　　　　姜文华
第四支队支队长
副政委　　　　　　　　黄　厚

独二旅（兼第二军分区）

旅长兼司令员　　　　　彭绍辉
政委　　　　　　　　　张平化
副司令员　　　　　　　张希钦
司令部参谋长　　　　　李文清
政治部主任　　　　　　刘惠农
供给部部长　　　　　　史可全
卫生部部长　　　　　　周长庚
第七一四团团长　　　　张绍武
政　委　　　　　　　　李健良
第九团团长　　　　　　李应发
政　委　　　　　　　　王定一

暂一师

副师长	张希钦
司令部参谋长	张希钦
政治部主任	饶　兴
副主任	严尚林
供给部部长	金立声
卫生部部长	续德甫
政　委	李　华
第三十六团团长	高永祥
政　委	周　凯
第三十七团团长	张　德
政　委	曹　铭
游击二支队支队长	毛少先

第三五八旅（兼第三军分区）

旅长兼司令员	张宗逊
政　委	李井泉
代旅长	贺炳炎
司令部参谋长	李夫克
政治部主任	朱　明
供给部部长	宋庆生

政　委	李　冲
卫生部部长	谢心亭
政　委	田明中
第七一六团团长	黄新廷
政　委	廖汉生
第七团团长	唐金龙
政　委	杨秀山
第八团团长	刘　彬
政　委	余秋里
张支队支队长	张邦兴
王支队支队长	王学清

第三五九旅

旅长兼政委	王　震
副旅长	苏　进
司令部参谋长	唐子奇
政治部主任	袁任远
副主任	王恩茂
供给部部长	何维忠
卫生部部长	潘世征
政　委	周雪林
第七一七团团长	陈外欧

政　委	晏福生
第七一八团团长	陈宗尧
政　委	左　齐
第七一九团团长	张仲翰
政　委	曾　涤
特务团团长	苏　鳌
政　委	龙炳初
补充团团长	徐国贤
政　委	谭文邦

独一旅（兼第四军分区）

旅　长	高士一
政　委	朱辉照
副旅长兼分区司令员	王尚荣
副政委	冼恒汉
司令部参谋长	谷志标
政治部主任	杨其良
供给部部长	夏耀堂
政　委	莫余平
卫生部部长	董家龙
政　委	李炳炎
第七一五团团长	顿星云

政　委	汤成功
第二团团长	傅传作
政　委	黄立清

决死第四纵队

司令员兼政委	雷任民
副司令员	孙超群
司令部参谋长	王兰麟
政治部主任	李力果
供给部部长	李长馥
政　委	张人骏
卫生部部长	李新民
第十九团团长	沈国栋
政　委	郭实夫
第三十五团团长	吕仁礼
政　委	姚仲康
青年纵队纵队长	
游击队支队长	王立清

第五军分区

司令员	郭鹏
政　委	胡全

司令部参谋长	刘华香
政治部主任	陈云开
副主任	胡亦民
供给部部长	邓云阶
卫生部部长	郭　斌

决死第二纵队（兼第八军分区）

司令员	韩　钧
政　委	王逢原
副司令员	侯俊岩　刘德明
司令部参谋长	李　敏
政治部主任	郝德青
副主任	李曙森
供给部部长	任象贤
政　委	金树源
卫生部部长	张汉斌
政　委	杜芳召
第四团团长	张开基
政　委	武振刚
第五团团长	刘绍先
政　委	李文炯
第六团团长	陈菊生
政　委	张　范

工人武装自卫旅（属第八军分区）

旅长兼政委	侯俊岩
司令部参谋长	张新华
政治部主任	李　明
供给部部长	任应枢
卫生部部长	王仰文
第二十一团团长	彭嘉诗
副团长	张桂清
政治主任	徐铁民
副主任	侯承章
第二十二团团长	刘胜武
政　委	王庆生
洪赵纵队纵队长	解学恭
游击第八支队支队长	李明成

新军总指挥部

总指挥	续范亭
政　委	罗贵波
副总指挥	张义昂　雷任民
特务团团长	
政　委	

第一二〇师暨晋绥军区(1942年底)

师长兼司令员	贺　龙
政　委	关向应
副司令员	续范亭
副政委	林　枫
司令部参谋长	周士第
政治部主任	甘泗琪
供给部部长	陈希云
卫生部部长	贺　彪
政　委	戴文彬
特务团团长	杨嘉瑞
政　委	朱民亲
抗大七分校校长	周士第
政　委	徐文烈

兴岚直属军分区(兴岚支队)

河防司令部司令员	杨嘉瑞
副司令员	王宝珊

塞北军分区

司令员	姚　喆
政　委	高克林

副司令兼副政委	张达志
司令部参谋长	邓家泰
副参谋长	罗坤山
政治部主任	曾锦云
副主任	饶　兴
供给部部长	张升初
卫生部部长	潘本善
第一团团长	邹凤山
政治主任	王光铁
第二团团长	李国良
政　委	彭宝山
第三团团长	蔡　玖
政　委	姜文华
雁北支队支队长	刘华香

独二旅（兼第二军分区）

旅长兼司令员	许光达
政　委	张平化
副司令员	张希钦
副政委	王　德
司令部参谋长	李文清
政治部主任	刘惠农
供给部部长	史可全

政　委	李三楼
卫生部部长	周长庚
政　委	黄国平
第七一四团团长	刘　林
政　委	李健良
第九团团长	李发应
政　委	王定一
第三十六团团长	高永祥
政　委	严尚林
游击支队支队长	毛少先

第三五八旅（兼第三军分区）

旅长兼司令员	张宗逊
政　委	李井泉
副司令员	贺炳炎
副政委	白　坚
司令部参谋长	李夫克
政治部主任	朱　明
供给部部长	宋庆生
政　委	李　冲
卫生部部长	谢心亭
政　委	田明中
第七一六团团长	黄新廷

政　委	廖汉生
第七团团长	唐金龙
政　委	杨秀山
第八团团长	刘　彬
政　委	余秋里
游击支队支队长	陈仁伦

第三五九旅

旅长兼政委	王　震
副旅长	苏　进
司令部参谋长	唐子奇
政治部主任	袁任远
副主任	王恩茂
供给部部长	何维忠
政　委	罗　璋
卫生部部长	潘世征
政　委	杜宏监
第七一七团团长	陈外欧
政　委	李　铨
第七一八团团长	陈宗尧
政　委	左　齐
第七一九团团长	张仲翰
政　委	曾　涤

特务团团长	徐国贤
政　委	谭文邦
补充团团长	苏　鳌
政　委	朱继先

独一旅（兼第四军分区）

旅　长	高士一
政　委	朱辉照
代政委	冼恒汉
副旅长	王尚荣
司令部参谋长	谷志标
政治部主任	杨其良
供给部部长	夏耀堂
政　委	李玉成
卫生部部长	董家龙
政　委	李炳炎
第七一五团团长	顿星云
政　委	汤成功
第二团团长	傅传作
政　委	黄立清

第六军分区

代司令员	孙超群
政　委	刘文珍
司令部参谋长	王兰麟
政治部主任	刘仰峤
供给部部长	李长馥
卫生部部长	李效苏
政　委	刘耀儿
第十九支队支队长	
政　委	冀春光
第三十五支队支队长	黄新义

第八军分区

司令员兼政委	罗贵波
司令部参谋长	张希钦
政治部主任	李曙森
供给部部长	任象贤
卫生部部长	章德炎
第四团团长	张开基
政　委	武振刚
第五团团长	刘绍先
政　委	李文炯

第六团团长	陈菊生
政　委	张　范
第二十一团团长	张新华
政　委	肖　靖　侯承章
副政委	王庆生
洪赵纵队纵队长	谢学恭
游击支队支队长	李明成

第一二〇师暨晋绥军区（1943年底）

第一二〇师师长	贺　龙
第一二〇师政委	关向应
军区司令员	吕正操
军区政委	林　枫
军区副司令员	续范亭　周士第
司令部参谋长	周士第
副参谋长	陈曼远
政治部主任	张平化
后勤部部长	陈希云
卫生部部长	贺　彪
政　委	戴文彬
教导队队长	王兰麟
河防司令部司令员	向黑缨——神府支队
兴岚直属军分区	

第二十七团团长	马仁兴
政　委	王兴隆
兴岚支队支队长	刘仲武

塞北军分区

司令员	姚　喆
政　委	高克林
副政委	张达志
司令部参谋长	邓家泰
政治部主任	曾锦云
供给部部长	张升初
卫生部部长	潘本善
第一团团长	邹凤山
政　委	陈远波
第二团团长	李国良
政　委	彭宝山
第三团团长	蔡　玖
政　委	姜文华
雁北支队支队长	罗坤山

独二旅（兼第二军分区）

旅长兼司令员	许光达
政　委	王　德

司令部参谋长	李文清
政治部主任	刘惠农
供给部部长	史可全
卫生部部长	周长庚
第九团团长	李发应
政　委	潘振华
第三十六团团长	高永祥
政　委	严尚林
偏清支队支队长	罗成章

第三五八旅

旅　长	张宗逊
政　委	李井泉
代政委	廖汉生
副旅长	贺炳炎
司令部参谋长	李夫克
政治部主任	伍晋南
供给部部长	宋庆生
卫生部部长	谢心亭
第七一五团团长	顿星云
政　委	曾祥辉
第七一六团团长	黄新廷
政　委	廖汉生

第七团团长	唐金龙
政　委	杨秀山
第八团团长	刘　彬
政　委	余秋里

第三军分区

司令员	孙志远
政　委	白　坚
副司令员	杨嘉瑞
副政委	李梦龄
司令部参谋长	樊哲祥
政治部主任	王洪远
供给部部长	何家柱
卫生部部长	陈纯炳
特务团团长	闵洪发
政　委	孙洪志
第十七团政委	朱民亲
副团长	朱声达
离石支队支队长	陈仕南
政　委	陈贻训
临县支队支队长兼政委	朱致平
第三十二团团长	李化民
政　委	邓东哲

第三五九旅

旅　　长	王　震
政　　委	张邦英
司令部参谋长	刘转连
政治部主任	李　信
供给部部长	何维忠
政　　委	罗　章
卫生部部长	潘世征
政　　委	杜宏监
第七一七团团长	陈外欧
政　　委	贺振新
第七一八团团长	陈宗尧
政　　委	左　齐
第七一九团团长	张仲翰
政　　委	曾　涤
特务团团长	徐国贤
政　　委	谭文邦
补充团团长	苏　鳌
政　　委	朱继先

独一旅

旅　　长	高士一
政　　委	冼恒汉
副旅长	王尚荣
司令部参谋长	贾　陶
政治部主任	杨其良
副主任	金如柏
供给部部长	夏耀堂
政　　委	李玉成
卫生部部长	董家龙
第七一四团政委	李健良
副团长	刘　林
第二团团长	傅传作
政　　委	黄立清

第六军分区

司令员	孙超群
政　　委	刘文珍
副政委	龙福才
司令部参谋长	王兰麟
政治部主任	王立声
供给部部长	李长馥

卫生部部长	李效苏
第十九支队支队长	
政　委	冀春光
第三十五支队支队长	黄新义

第八军分区

司令员兼政委	罗贵波
副司令员	王长江　张希钦
司令部参谋长	张希钦（兼）
政治部主任	李曙森
副主任	曹光林
供给部主任	任象贤
卫生部部长	章德炎
第一支队支队长	林子元
第二支队支队长	林海清
政　委	孙继铮
第五支队支队长	王文礼
六支队支队长	郭清先
政　委	张献奎
第二十一团团长	张新华
政　委	肖靖
游击支队支队长	李明成

第一二〇师暨晋绥军区(1944年底)

师　　长	贺　龙
师政委	关向应
军区司令员	吕正操
政　　委	林　枫
副司令员	续范亭　周士第
司令部参谋长	周士第
副参谋长	陈漫远
政治部主任	张平化
后勤部部长	陈希云
卫生部部长	贺　彪
政　　委	戴文彬
教导团团长	李夫克
政治主任	钟师统
河防司令部司令员	向黑缨——神府支队
兴岚直属军分区	
第二十七团团长	马仁兴
政　　委	钟生益
兴岚支队队长	刘仲武

塞北军分区

司令员	姚　喆
政　委	高克林
副政委	张达志
司令部参谋长	邓家泰
政治部主任	饶　兴
供给部部长	张升初
卫生部部长	潘本善
第一团团长	
政　委	李佐玉
第二团团长	黄　厚
政　委	彭宝山
第三团团长	蔡　玖
政　委	姜文华
雁北支队支队长	罗坤山

独二旅（兼第二军分区）

旅长兼司令员	许光达
政　委	王　德
司令部参谋长	李文清
副参谋长	李　硕
政治部主任	刘惠农

供给部部长	史可全
卫生部部长	周长庚
第九团团长	李发应
政　委	潘振华
第三十六团团长	高永祥
政　委	严尚林
偏清支队支队长	罗成章
政　委	王　坚

第三五八旅

旅　长	张宗逊
政　委	李井泉
副旅长	黄新廷
司令部参谋长	王绍南
政治部主任	伍晋南
供给部部长	宋庆生
卫生部部长	谢心亭
第七一五团团长	顿星云
政　委	曾祥辉
第七一六团政委	杨秀山
副团长	张树芝
第八团团长	唐金龙
政　委	余秋里

第三军分区

司令员	孙志远
代司令员	杨嘉瑞
政　委	白　坚　李梦龄
司令部参谋长	樊哲祥
政治部主任	王洪远
供给部部长	何家柱
卫生部部长	杨庆祥
特务团团长	朱声达
政　委	朱民亲
第十七团团长	闵洪发
政　委	孙洪志
离石支队支队长	陈仕南
政　委	陈贻训
临县支队支队长兼政委	朱致平

第三五九旅

旅　长	王震
政　委	王首道
副旅长	苏进
副政委	王恩茂　晏福生

南下一支队司令员	王　震
政　委	王首道
副政委	王恩茂
司令部参谋长	朱早观
副参谋长	邹毕照
政治部主任	刘　坚
副主任	李　立
供给部部长	何维忠
卫生部部长	潘世征
政　委	杜宏监
第一大队大队长	陈外欧
政　委	李　铨
第二大队大队长	陈宗尧
政　委	罗　章
第三大队大队长	张仲翰
政　委	曾　涤
第四大队大队长	徐国贤
政　委	廖　明
第五大队大队长	苏　鳌
政　委	龙炳初
第六大队大队长	贺炳炎
政　委	廖汉生
第七大队大队长	郭　鹏
政　委	吴光远

留陕甘宁部队

副旅长	苏　进
副政委	晏福生
司令部参谋长	刘转连
政治部主任	李　信
供给部部长	陈宗德
卫生部部长	李华清
第七一七团团长	周俭廉
第七一九团政委	彭清云
特务团政委	谭文邦

独一旅

旅　长	高士一
政　委	朱辉照
副旅长	王尚荣
司令部参谋长	贾　陶
政治部主任	金如柏
供给部部长	夏耀堂
卫生部部长	董家龙
第七一四团团长	李光汉
政　委	李健良

第二团团长　　　　　　傅传作
政　委　　　　　　　　黄立清
第三十二团团长　　　　李化明
政　委　　　　　　　　邓东哲

第六军分区

司令员　　　　　　　　孙超群
政　委　　　　　　　　刘文珍
副政委　　　　　　　　龙福才
司令部参谋长　　　　　王兰麟
代参谋长　　　　　　　黄新义
政治部主任　　　　　　王立声
供给部部长　　　　　　李长馥
卫生部部长　　　　　　李效苏
第十九支队支队长　　　李　立
政　委　　　　　　　　罗　斌
第二十支队支队长　　　彭龙飞
第三十五支队支队长　　刘　杰

第八军分区

司令员　　　　　　　　王长江
政　委　　　　　　　　罗贵波

副司令员	张希钦
司令部参谋长	张希钦
政治部主任	李曙森
代主任	曹光林
供给部部长	任象贤
卫生部部长	李新明
第一支队支队长	林子元
政　委	赵钧一
第二支队支队长	林海清
政　委	孙继铮
第五支队支队长	王文礼
政　委	张献奎
第六支队支队长	郭庆祥
政　委	张　范
第二十一团团长	张新华
政　委	肖　靖

晋绥军区暨晋绥野战军（1945年9月）

晋绥军区

司令员	贺　龙
政　委	李井泉
晋绥军区副司令员	续范亭　周士第

司令部参谋长	陈漫远
政治部主任	张平化
后勤部部长	张希云
卫生部部长	贺　彪
政　委	戴文彬
教导团团长	李夫克
政治主任	钟师统
第三十二团团长	李化民
政　委	邓东哲
河防司令部司令员	向黑缨——神府支队

第一军分区

司令员	陈漫远（兼）
司令部	
政治部	
卫生部	
供给部	
兴岚支队支队长	刘仲武

吕梁军区（辖三、四、七、八分区）

司令员兼政委	张宗逊
副政委	罗贵波　解学恭

司令部参谋长	张希钦
政治部主任	罗贵波
副主任	何　辉
供给部部长	周子桢
卫生部部长	章德炎

第三军分区

司令员	陈　刚
政　委	秦力生
副政委	李梦龄
司令部参谋长	刘子仪
政治部主任	贺翼章
供给部部长	何家柱
卫生部部长	杨庆祥
临县支队支队长兼政委	朱致平

第四军分区

司令员兼政委	杨秀山
副政委	刘文珍
司令部参谋长	谷志标
政治部主任	颜隆茂
供给部部长	李成高

卫生部部长	何凤辉
离石支队支队长	朱玉亭
政　委	高诗德
第五支队支队长	王文礼
政　委	李辉如

第七分区

司令员兼政委	马佩勋
司令部参谋长	
政治部主任	陈远波
供给部部长	辛元甫
卫生部部长	
洪赵支队支队长	李述应
政　委	吴钰群

第八分区

司令员	王长江
政　委	甘一飞
司令部参谋长	杨文安
政治部主任	曹光林
供给部部长	任象贤
卫生部部长	李新明

第一支队支队长	林子元
第二支队支队长	林海清
政　委	孙继铮
第六支队支队长	张献奎
政　委	陈玉发
第十八支队支队长	张九德

绥蒙军区

司令员	姚喆
政　委	张达志
副政委	苏谦益
司令部参谋长	邓家秦
政治部主任	饶兴
供给部部长	张升初
卫生部部长	潘本善
第九团团长	李发应
政　委	曾长久
第二十七团团长	马仁兴
政　委	钟生益
偏清支队支队长	罗成章
政　委	王坚
骑兵旅旅长	康健民
政　委	王再兴

司令部参谋长	王　智
政治部主任	王弼臣
供给处处长	强子珍
卫生处处长	李振智
第一团团长兼政委	李佐玉
第二团团长	黄　厚
政　委	彭宝山
第三团团长	蔡　玖
政　委	白成铭

雁门军区（辖二、五、六、十一分区）

司令员	许光达
政　委	朱　明
副政委	孙超群
政治部主任	王定一
供给部部长	
卫生部部长	

第二分区

司令员	刘华香
政　委	王　德
司令部参谋长	

政治部主任	
供给部部长	史可全
卫生部部长	周长庚
朔平支队支队长	梁子俊
政　委	戴金川
神五支队支队长	李加夫
政　委	王　张

第五分区

司令员	王赤军　左　齐
政　委	李登瀛
副司令员	范忠祥
司令部参谋长	周　云
政治部副主任	李新华　吴中详
供给部部长	曹昆隆
卫生部部长	孟德利
骑兵支队支队长	王荣福
清河支队支队长	周子高

第六分区

司令员	孙超群（兼）
副政委	龙福才

司令部参谋长　　　　　王兰麟
政治部主任　　　　　　王立声
供给部部长　　　　　　李长馥
卫生部部长　　　　　　刘达
第十九团团长　　　　　钟志达
政　委　　　　　　　　谢才先
第二十团团长　　　　　龙福才
第三十五团团长　　　　黄新义
政　委　　　　　　　　罗斌

第十一分区

司令员兼政委　　　　　黄立清
司令部参谋长
政治部主任
供给部部长
卫生部部长
第三支队支队长　　　　高学贵

晋绥野战军
（辖独一、二、三旅、第三五八、第三五九旅）

司令员　　　　　　　　贺龙
政　委　　　　　　　　李井泉

司令部参谋长　　　　张经武
政治部主任　　　　　甘泗琪
副主任　　　　　　　冼恒汉

独一旅

旅　长　　　　　　　王尚荣
政　委　　　　　　　朱辉照
司令部参谋长　　　　贾　陶
政治部主任　　　　　杨其良
供给部部长　　　　　夏耀堂
卫生部部长　　　　　董家龙
第七一四团团长　　　肖显旺
政　委　　　　　　　刘月生
第二团团长　　　　　傅传作
政　委　　　　　　　罗洪标

独二旅

旅　长　　　　　　　许光达
政　委　　　　　　　孙志远
司令部参谋长　　　　李　硕
政治部主任　　　　　李健良
供给部部长　　　　　史可全

卫生部部长	周长庚
第三十六团团长	张开基
政　委	严尚林
第二十一团团长	张新华

独三旅

旅　长	杨家瑞
政　委	金如柏
司令部参谋长	樊哲祥
政治部主任	贺翼章
供给部部长	何家柱
卫生部部长	杨庆祥
特务团团长	朱声达
政　委	朱民亲
第十七团团长	闵洪发
政　委	孙洪志

第三五八旅

旅　长	黄新廷
政　委	余秋里
司令部参谋长	解　方　方复生
政治部主任	余秋里（兼）

供给部部长	朱庆生
卫生部部长	谢心亭
第七一五团团长	罗坤山
政　委	曾祥辉
第七一六团团长	张树芝
政　委	颜金生
第八团团长	唐金龙
政　委	梁仁芥

第三五九旅

旅　长	王　震
政　委	王首道
副旅长	苏　进
副政委	王恩茂

南下一支队

司令员	王　震(兼)
政　委	王恩茂(兼)
司令部参谋长	朱早观
副参谋长	邹毕照
政治部主任	刘　坚
副主任	李　立　刘亚生

供给部部长	何维忠
卫生部部长	潘世征
政　委	杜宏监
第一大队大队长	陈外欧
政　委	李　铨
第二大队大队长	贺盛桂
政　委	罗　章
第三大队大队长	张仲翰
政　委	曾　涤
第四大队大队长	徐国贤
政　委	廖　明
第五大队大队长	苏　鳌
政　委	龙炳初
第六大队大队长	贺炳炎
政　委	廖汉生
第七大队大队长	郭　鹏
政　委	吴光远

南下二支队

司令员	刘转连
政　委	晏福生
司令部参谋长	
政治部主任	李　信

供给部部长　　　陈宗德
卫生部部长　　　李华清
第一大队大队长　周俭廉
政　委　　　　　谭文邦
第二大队大队长　廖光绍
政　委　　　　　彭清云
第三大队
第五大队
第九大队

后　记

在吕梁军民寻找收迁安葬晋绥八路军抗战烈士散葬遗骨工作中，我有幸成为亲历者。

迁葬的过程，一路艰辛，更多的是感动。烈士遗骨或卧或立，或散或聚，无不令人扼腕叹息、潸然泪下，继而从灵魂深处升起浓浓的敬意。在每一尊遗骨面前，我都要整装肃立，致以崇高的军礼。我当时就有一个想法，要把晋绥八路军抗战烈士不畏牺牲、英勇杀敌的英雄壮举和吕梁军民不畏艰辛、满怀深情寻找烈士遗骨的感人故事缀述成书，这既是对烈士的宣扬和亲人的安慰，也是对吕梁人民博大胸怀的褒奖。随着迁葬的深入推进，这种想法愈来愈强烈，有时情不能已，只待笔尖喷薄而出。2015年退休之后，我有了大量时间得以完成这一夙愿，先后走访了近百名晋绥老八路、老干部和他们的子女，查阅了部分晋绥军民抗战史料，实地察看了几十处掩埋烈士遗骨的墓地，组织和参加了在任期间的所有祭奠活动，拍摄和收集了很多照片，用了一年多时间，终于写成了这本书。

寻找安葬晋绥散葬烈士，吕梁军分区给予了全力支持和全

后 记

程参与；中共兴县县委、县人民政府组织了强有力的领导，期间，党委、政府的历届主要领导都亲自挂帅、亲自组织、亲自参与，体现了高度的政治意识和历史责任。兴县人武部和民政局是这项工作的牵头单位。人武部时任部长崔雷庭、政委徐应军和部长冷树义、政委马爱立，民政局时任局长白永胜、局长孙小建等始终工作在第一线，组织民政人员和民兵翻山越岭寻找收迁烈士遗骨，付出了很多艰辛。兴县晋绥解放区烈士陵园管理处原主任王波，是这项工作的发起人，他20多年奔走呼号，身体力行，付出了大量心血，感染和激励了很多人。晋绥解放区烈士陵园管理处主任任虎鸣，在收迁安葬工作中投入了很大精力，自始至终参与了整个工作。山西省晋绥文化教育发展基金会在收迁散葬烈士中给予了财力和物力上的支持。

本书在编写过程中，得到很多相关部门和同志的热情帮助和大力支持。贺龙元帅之女贺晓明为本书作了序。晋绥文化教育发展基金会副理事长兼秘书长段晓飞亲自审阅修改了书稿。兴县晋绥解放区烈士陵园管理处原主任王波提供了极为珍贵的资料和照片，并为本书的撰写提出了宝贵意见。山西省军区军史志办公室主任范志成、武警山西总队政治部秘群处干事李剑、柳林县贾家垣乡党委书记艾永成，投入极大的热情审阅书稿，提了很好的修改意见。山西省军区政治部录像室原主任郭健为书中的照片进行了修饰编排，还帮助设计了封面。山西省军区司令部装备处参谋张强，利用业余时间为本书打印、校对，付出了辛苦。在此，一并表示衷心的感谢！

特别感谢山西人民出版社总编辑姚军同志，是他的鼓励与支持，此书才得以成稿和顺利出版；责任编辑何赵云同志为本书倾注了很大精力，把这本书做得如此严谨和精致。

本书参阅了山西省史志研究院和中共内蒙古自治区委党史研究院所著的《晋绥革命根据地史》（山西古籍出版社出版，1999年8月第1版），温抗战、梁金保同志编写的《晋绥根据地大事记》（1984年8月，中共吕梁地委党史资料征集办公室编著），师文华同志编著的《抗日烽火遍三晋》（山西人民出版社，2015年8月第1版），樊润德同志编著的《晋绥边区史话》（内蒙古人民出版社出版，1988年9月第1版），郭亮泽、樊润德主编的《晋绥边区人物春秋》（新华出版社出版，1996年5月第1版）以及《解放军报》《河北青年报》有关寻访烈士亲属的报道。这些资料非常珍贵，对于编写此书起了奠基作用。在此向诸位作者致以衷心的谢意。

由于自己文学水平有限，虽经多次推敲修改，但还是未能达到情深意切、感人至深的写作初衷。书中也难免有不足和问题，欢迎读者朋友批评指正。

作　者
2017年8月